想念年少的你

不朽 著

贵州出版集团
贵州人民出版社

目 录

辑一 ♥
少年念想

你的深情如星辰熠熠 / 003

你是年年日日的错付 / 033

你的恶与我的错 / 063

喜欢是心动的累积 / 097

历经千百的花开花落 / 125

辑二
想念年少

离别后缅怀 / 147

你的美好似若晴天 / 183

想念年少的你 / 223

悲伤过度是爱 / 255

我的成长痛 / 289

后记 青春有青春的好,长大也有长大的好 / 309

辑一 ❤

少年念想

你的深情如星辰熠熠

一个这么好的人,要有多幸运,才能成为他眼中的耀眼星辰。

01

应该是夏天吧。

不然在河堤边吹来的风不会渗着一种浓烈的湿热气味,仿佛风里流淌着汗水,是大片的湿气充斥在万里无云的夜空下。

应该是一个平凡的日子吧。河堤边的那条小路上有穿着校服的身影。小路连着通往老旧的小区,路灯偶尔倏地一闪,把再普通不过的小路照得泛黄。

如果再把聚焦拉近,应该是一群快乐的脸孔。半空中晃动着闪烁的亮光,我把烟火棒点上,看着那火苗燃起的星星,快速地闪动、发亮。我将烟火棒举起来,在空中挥动着,悄悄地写着当天的日期,身边突然响起他们的声音——

"苏昀,生日快乐!"

我回过头来,是少槿、铭希、若安、邱翊然他们的脸。
有那么一个瞬间,我从他们眼中看见在夜空中盛放的光。

是的,十七岁了。

忘了当时准确的心愿,大概也就是盼望自己能够以梦为马,或者不负韶华,诸如此类的愿望。记得电影里是这么说的,人生是一场美梦与热望。那么,我想,能够对于这个世界热烈地盼望,是多好的事啊。

把故事的焦点再一次转回那个瞬间的我身上。
我们几个人站在河堤边,站在小路旁的大石上,望着那片星星坠落的夜空,每个人都举着烟火棒。头顶没有一片云朵,月亮隐隐地发亮。我的眼前是炽热的火花,一闪一闪,绽放出七彩的斑斓。

其实只是一个刹那发生的事。
一个没留神,若安正在晃动着的烟火棒从她的手中脱出,就这样朝我甩了过来,电光火石般的瞬间,身后蓦然有一只强而有力的手把我往后拽了一下——

耳边轰然是邱翊然的声音:"小心!"

烟火棒没有如预期地落在我的身上,平淡地掉在小路边。同时,我身后的手快速地松开了。没等我反应过来,其他人马上来到我的身边:"你没事吧,苏昀?"

我尴尬地摇摇头,表示没有大碍。

这时我才意识到身后的阴影。高大的影子重叠在我的影子上,让路灯映出一抹黄晕。我转过头,望向那个人,他低下头轻声地询问:"你没事吧?"

"吓死我了,谢谢你啊。"我看了一下他,怕气氛尴尬生硬,就轻松地跟他道谢。

他听见我的话,嘴角弯了一下,微笑着点头。然后他扶着脚踏车,缓缓地继续走着他本来的路线,渐渐地和我的身影错开,一阵淡淡的烟火和清新的味道混合在一起。

他的身影渐行渐远,我仔细看了一下,他穿的是那所市里最好的高中的校服。又再盯了一下,人长得真高,肯定有打篮球吧。

"昀昀,对不起啊,我刚刚没有抓稳,一回头它就不见了……"若安两只小手合掌搓了搓,表情难堪地跟我道歉。我白了她一眼,是冒失的她没错了。

"行了,我来收拾一下吧。"

邱翊然化解了这一幕被突如其来的意外给浇熄的快乐。

"哦。"

我捡起已经熄灭的烟火棒残骸,忍不住又回头看。

那个人的身影已经从我眼中高大的男生变成只有我的手掌那么大的背影,而那阵清新慢慢地融进了闷暑的空气中,消失得无影无踪。

唯独,我的手臂被谁用力拉过的位置,没来由地微微发烫。

你说,为什么到后来,我总是能够记住那个时候的日子。即使那些日子从来都不特别也不绚烂,但我却能够清晰地想起当时我的脸孔,如同看得清指尖的细纹那般,渗透着的快乐和忧伤,像是刻进诗篇里的万世不易,无论后来的时光再多用力,也都洗不去当时的千万光景。

那个时候的我们,生命里所有的遇见,都是花朝月夕。

02

我想也许所有的故事都是从偶然开始的。

就像是梅雨季里无可预知的一场雨，总让人措手不及，只能被迫在暗地里看风起云涌。所有的偶然都不能如预期出现，也正是因为那些生命中措手不及的遇见和出现，在我们往后的人生里留下许多深深浅浅的痕迹。我们都以为想象中的最好就是人生里最好的安排，但其实不是的。这个世界上最美好的安排，全都是基于我们料想不到的意外。

下课后，若安的脚踏车坏了送修，本来她和少槿这两个双生儿每天都一起回家的，但那天少槿被老师叫去处理一些事情，我便答应若安送她回家。

本来从学校回家的路程只需要骑十分钟，如果要绕去河堤边就需要多一倍的时间。只是两个小女生，一边骑一边聊天，走走停停，一晃居然不止三十分钟。

于是我特地绕去河堤边，送她回家之后，再从河堤边一路骑着回家。天色已经从一片橘橙浓浓地暗了下来，我戴上耳机，在小路上骑得很慢。

一个身影迎面而来，从小路的末处，余晖的尽头那里渐渐清晰，是那个人。

那个人穿着另一所高中的校服，在暗淡的日光里显出一身亮白。他轻轻扶着脚踏车,沿着河堤边的小路缓缓地跟我同方向前进。

忽然有人在叫他:"阿帆,明天见啦!"

他转过头,和跟他说话的哥们儿比了一下手势。两人很快地告别后,他就继续着原本的轨迹,不紧不慢地,就这样来到我的面前。

刚刚看了一下他的朋友手上拿着篮球,再仔细观察一下他身上白衬衫的扣子解开了,衣服也没有上次那么整齐。我想的没错,他果然会打篮球。

快要经过我身边的时候,他瞥了我一眼,然后马上把目光移开。

我有点儿失望地垂下了眼眸,他又重新打量了我一眼。

这时我抬头望着他,才察觉到他的眼中有笑过的痕迹。

"哦?"我假装这个时候才认出了他。

他双眸弯弯:"上次没有受伤吧?"

"没有没有,小事而已。"

心里有点儿小心虚,但也同时有点儿庆幸。他还记得呢。

他继续推着脚踏车往前,我也跟着往前,有好一段路,两人都没有说话。

秋风无痕,流水无声。

沉寂的大湖从这时悄悄地掀起了暗涌。

"你几年级啊?"他看了一眼我的校服。
"高二了。你呢?"
"我也是。"
"你家住这附近?"
"对啊,就前面的小区。"
"啊……难怪你都会走河堤边这条小路。"

没有靠他很近,但能清楚听见他利索的声音。没有认真地看过他的脸孔,却能清晰描绘出他的轮廓。没敢聊天聊得太深入,生怕他觉得我是个奇怪的人,于是小心翼翼地发问,尽量自然地回应,心里想的却是,把他说过的话记下来。

"刚刚不小心听到你的朋友叫你阿帆?阿凡达的凡吗?"
"嗯?巾凡的帆。"他又笑了笑,忍俊不禁,"上次我也不小心听到你的朋友叫你苏云?云朵的云吗?"
"啊?不是,日匀的昀。"
"啊,苏昀。"
他爽朗的声音轻轻喊着我的名字,声声入耳,我竟听愣了神。

"那我走这边啰。"

走到分岔路的时候,他修长的手指指向某个巷弄。

我点了点头,指向另一边:"我走这一边。"

他点点头,又露出淡淡的笑容,比了一下再见的手势,就骑上脚踏车,朝另一头的巷弄而去。

等我回过神来,他的身影就化进了错落有致的小巷里。

一堂秋叶,恰恰落在了心的大湖上。

从此泛泛涟漪都心辰有意。

03

从那天起,下课回家的路多了一程,河堤边的小路变成了必经之路。

回家的时间从十分钟变成了三十分钟,从喜欢周末变成喜欢上课的日子,每天最期待的时间从下课和朋友玩耍聊天变成了特定的时段经过特定的路,以及,碰上特定的人。

第二次"回家"的时候,我故意把回家的路线走得好慢好慢,想看他大概什么时候会经过这段路。如果跟之前一样的话,差不多是六点半吧。

还要想办法让相遇像是偶然,不能让他知道我在这里等他。

在小路走着走着,身后就传来了他的声音。

他还很惊讶地问我:"原来你也是每天都会经过这里啊。"

"啊,对啊。"我有点儿不好意思地回答,像是被人发现了写在日记里的小秘密,心虚地撒了个小谎。

"怎么之前都没有见过你?"

"之前我们不认识啊,可能是你没怎么注意吧,哈哈。"

我眨眨眼,试图把这个话题蒙混过去。

阿帆没有多说什么,继续扶着脚踏车。

初秋的风凉意渐起,比起夏天那冒着汗水的热风,多了一点儿干爽的感觉。小路的一边是河堤,另一边则是一整排刚泛黄的梧桐树,刚好与老旧的街灯错开。清凉的晚风吹过满树枝丫,也吹拂过他的脸。

第三次见面,我仍然不敢正眼凝视他。

他的目光落在不远的小路末处,因为长得高的关系,他走得比我稍快一些,我推着脚踏车紧紧地跟在他的身旁。

我们什么话都没说,我因为他是不是觉得我很奇怪的想法,忍不住打量着他的侧颜。

干净清澈的脸孔。

不是很长的刘海没有遮住他如炬的目光,两颊是短练的鬓角,抬起头来有轮廓分明的下巴,还有总是带着温柔笑容的嘴巴,还有悠扬低微的声音,还有清新的味道,还有好多好多。

这些想法在短促的时间内把我憋出了一阵赧然。

在他转过来看我的时候,几乎是生理反应,我极快地把目光移至别处。

"你们平常都来这里放烟火啊。"

他把视线从我脸上转到河堤边。啊,马上就要走到那天我们放烟火的位置。

"啊?没有啊,那天刚好是我生日。"

"哦,原来是这样。"

有一条路,当你自己去走的时候,你发现这条路好漫长,得花好长的时间才能独自走完。但是,当你和某些人走那条路的时候,时间计算的方法就像是换了一个单位似的,再也无法同等去精算,无法得到相同的答案。而你回头一看,才发现那条路、那段时光竟在不知不觉之中消耗得如同在手中迅速流失的沙。

在分别的路口,他照常举起手朝我比了一下手势,然后利落地离去。

他走得好轻，却在我的心上踏下很深很深的脚印。

04

你大概不知道吧。

那不是我回家一定要经过的路，也不是我生命轨道中必需的一节，后来的每一次偶然都不是意料之外，而是别有用心。别有用心地等待，别有用心地重逢，别有用心地留下痕迹，别有用心地想方设法留在你的生活里。想和你多说一句话，想和你多待一分钟，想和你多走一步路。想和你在一起，即使只是这一段路而已。

有一份欢喜，日日常生。

说不出是什么理由，说不出是因为哪一个动作或哪一句话，甚至也没办法好好说明这份欢喜具体的感觉，其背后隐藏的意义，抑或所有关于这种不安和躁动的来源。

但又有什么关系。

就像是在贫瘠之荒种下一颗充满生机的种子，又像是乍现在漆黑夜空中的耀眼星辰,或是掉落在人间某处拼图的最后一块。有些人,就注定会成为我们生命中的无可比拟。

还记得有一次。

我们一起"回家"的路上,如常地被路灯映射在参差不一的梧桐树叶上,是我们微微重叠的影子。他高大的影子盖在我的影子上面,平稳地前进。

猝不及防。

一声凄婉的叫声从缥遥的地方传出,划破那条小路的宁静。

"喵——"

我们对看了一眼,把脚踏车安置在路边一角,开始寻找发出声音的主体。

终于在河堤边的一个小洞里发现了小猫的踪影。

阿帆走上前,轻柔地把小猫抱了起来,仔细地凝视着。

"哎呀,你受伤了啊。"

他温柔地抓起小猫的一只爪子,认真地看着。

"啊,等一下。"

我马上打开我的书包,找到被我塞在深处的创可贴,把包装纸撕了下来,小心翼翼地试图给小猫贴上。

他有点儿错愕,又马上弯起了眼角,轻轻地对我说:"不能贴,我们的创可贴太黏了,搞不好会更弄伤它……"

"啊?那怎么办啊?"

"这样吧,我骑脚踏车去给它买纱布,你先在这里看好它。"

我点点头,望着他飞快地跑回脚踏车那边,然后离开。

我低头看着刚被他塞到我怀里的小猫。

对着它说:"你真幸福啊!"

小猫似懂非懂地望着我,摆了一下尾巴。

我说:"素未谋面,他就抱了你欸。"

小猫没有理会我,在我怀里翻了个身,小爪子踏在我的手上。

哼,在跟我炫耀呢。

我眯起眼看着它,它也不知道我的心思,四只爪子在我的怀里蹭啊蹭。

啊,果然恨不起来,好可爱呀。

在我企图和小猫沟通的时候,阿帆回来了。

他带着一卷纱布还有一些食物,从远处就朝我挥着手,嘴角弯起的弧度真好看,迎面而来他的脸孔在我的心里剜出了一道缝,植根在比心更深的地方。

"对不起,等了很久吗?"

他停在我的面前,微微地喘着气,额前有细微的汗珠。

我眨眨眼睛,摇头没有说话。

"刚好经过就回家拿了点儿吃的。"

他把书包放到地面的一角,把手中的纱布弄成适合的长度,忽然朝我走得更近了。

"我上网查了一下,刚好家里的药可以用。"

我怔住,身体失去动弹的力气,压根儿没有听清楚他在说什么。

他向小猫低下头来,又离我近了几分,我不禁屏住了呼吸,没敢发出任何声音。只看他轻柔地用骨节分明的手指给小猫上了一点儿药,又慢条斯理地一圈一圈给它缠起了纱布。

等他真正地回到一开始的距离,我失焦的双眼才再次找回最初的光线。

"你、你很喜欢猫吗?"我极力隐藏着紊乱的呼吸,试探着问。

"喜欢动物。"

他从我手中接过小猫,那温暖的温度还残留在他不经意触到的地方。

这样子,在无声之中渗得越来越深。

阿帆,巾凡的帆。

念我们区里最好的高中,偶尔打篮球。

不喜欢说再见，所以总是用手势代替话语。

每天傍晚六点半下课回家，必经河堤边的小路。

喜欢动物，是会为了受伤的小猫不怕麻烦的人。

还有，双手永远有暖和的温度。

这些是十七岁的我，最喜欢的一切。

05

从那天起，小猫成为我的故事里的常客。

和他一起下课回家的路上，它偶尔会出现，到后来我们在同一个时间点去同一个位置找它的时候，常常发现它早已经站在那里等待我们了。

有天傍晚，阿帆并没有一如既往在六点半出现在河堤边的小路上，为此我想遍了所有的理由，想着他可能身体不舒服没有去上课，想着该不会是出了什么意外。诸如此类的想法，充塞着这颗悬在半空惶恐不安的心。

后来等天色完全暗了下来，我蹲在那个小猫常待的小洞那里。嘴巴上说的是习惯看看这只小猫，但是到后来我才知道，虽然不肯承认，其实是我习惯等他。

"阿喵阿喵，你知道这是我认识他的第几天吗？"

我伸手揉了一下小猫柔软的毛，小猫比我们第一天见它的时候又长大了一些，那只受伤的小爪子早已经在他的照料下痊愈了。

离夏天的初见已是第一百三十四天。

心上仿佛有本厚重的日记本，那些值得纪念的事都被牢牢刻画在那里。

秋天走得很快，忽而今冬，梧桐叶落满一地。时间过得很慢也过得很快，总要等到很久以后才能够发现，这些忽快忽慢的时光会伏涌在往后漫长的未来里，久久不灭。每当回想起来，都舍不得把故事看完。

"阿喵阿喵，你知不知道……"我把它整只抱了起来，望着它灵动的眼睛，声音却轻得像纸，"我好想见他啊……"

显然它也听不懂，只好对我撒娇地"喵"了一声。

"在说什么呢！"

身后突如其来的声音让我的身体为之一震，下意识地双手一紧，不小心按到了小猫的尾巴，它暴怒地从我的怀里挣脱出来。

是他的声音。

我僵在原地,像是在课桌底下作弊被老师当场逮住一样,我连转过身来的力气都没有。

他该不会听到了吧?!

他温婉地把逃到他脚边的小猫抱了起来,朝我的身边走来。

"我带了点儿东西给它。"

他手中是一个大的胶盒,还有一些用具和食物。

没等到我的响应,他蹲了下来,把用具安置在小洞的角落,在上面用纸板搭成了一个小小的窝,还给它放了一些罐头和猫粮,以及装水的容器。

"这样就不怕下雨的时候它会淋到了。"

他转过头对着我说,眼角是藏不住的温柔和笑意。

"我……还以为你不来了呢。"

我小声地说,眼睛赶紧垂了下来看着小猫享用它的大餐,不敢抬头看他。

"啊,刚刚在路上想着给它买点儿东西,就来晚了。"

他仔细地盯着小猫愉快地用餐,眼睛一眨不眨,声音无比和缓。他怕打扰到小猫吃饭,所以只悄悄地伸出了一根手指戳戳小猫头上的短毛。

"万一有一天它的主人回来找它,也要看到它好好的啊。"

他的眼睛里有万千星辰,像是亘古不灭的洪荒宇宙。

甚至有那么一刻,当我望进他的眼睛时,我能想象到的这个世界上全部的美好,都透在他那明澈的双眸里。

06

往后的日子里,每当想起高二,浮现的第一个关键词不是学校,不是同学,不是那些永远写不完的作业,也不是操场上挥洒过的汗水,而是比那些热血的、青春的、狂妄的更加平凡的日常——河堤边的小路,两百七十三步的距离。

记得那是高三前夕。

暑假的时候丢失了所有的规律,自然也失去了六点半之约。偶尔找些借口在被书本和试卷堆埋的日子里逃出去,跑去河堤边想要见他。可是一整个暑假,我们都没有一次能够在时间上重叠。拉扯着彼此那条如丝般薄弱的牵线,在后知后觉的时间里被断开了,再也找不回当初的贯串。

只能日日在窗前盼着新学期的到来。

然而，事情往往不像想象的那样展开。父母替我报了全科的补习班，从高三开始的每个晚上，再无灯黄小路的遇见，取而代之的是与朝夕相对的同学邱翊然、若安、少槿、铭希一起下课、一起补习。晚上回家时已经是十点了，再也不需要绕远路去河堤边，再也不用故意站在那个路口等那个人经过。

曾经我以为，人生是一场美梦与热望。

而我的高三，没了美梦，也没了热望。

来不及说的再见，如鲠在喉，像是一条鲜明的刺，深深地扎进皮肤里。你只能知道它在那里，无论拔出与否都使人疼痛。

他转身望着我的眼神，眼角笑起来的皱纹，凝视着猫咪的目光，如朗月星河。还有他习惯用右手比再见的手势。那天他跟我说的"明天见"，利索地骑着脚踏车飞快离去的背影，是他最后留在我脑海里的样子。

也许最美好的时光连一粒零星的沙都容不下吧。

所有的遗憾都在余生里被显微镜放大检视，我们诉说着从前的时候，总是带着一种感叹变迁的语气，想着要是当时那样就好了。只是后来谁都不知道，假设的一切结果，基于那些没有实现的想象中的故事，就能够永远美好。

终于，把所有美好酿成了泪花。在那之后的夜晚，无数次在棉被里勾勒出他的侧脸，用眼泪把所有的幻想和盼望封印在没有他的日子里。

从习惯有他到习惯没有他的日子里。

07

"高考完，我们几个去放烟火好不好？"

"好欸！原班人马！"

"好呀，反正我没事做。"

"噢耶！去吧去吧！"

"好啊！"

高三的我们许着愿，无论走到哪里，都别忘了最初的自己。我们都在无声无息中悄悄地走向更远的未来，堆砌着那些承载着努力和汗水的岁月。

最后一门考试结束的午后，把那些写得密密麻麻的考卷试题痛快地丢到了家里的一角，换上衣服就冲出门和他们会合，带上前所未有的喜悦重回到河堤边。

那是事隔一年后的老地方。

曾经对于这个地方的眷恋填满了整颗心脏,而后把那些念想浓缩成一粒沙子搁在心中最不显眼的位置,从此对它不屑一顾。偶尔触碰到的时候,就当作在读一本没有名字的故事,合上书本的时候甚至不敢把那段时光叫作,喜欢。

这里一点儿都没有变。

突然有种重回旧地的感觉。长长的碎石小路,两百七十三步,初夏时满街的梧桐绿荫,头顶上的晴空万里。

在不知不觉间离翊然他们几个而去,冉冉地徘徊到阿喵"住"的小洞那里。总是想说,我只是不小心经过那里顺便看看,但在心里很深的地方,只有我自己知道,或许一切都是自己给自己的一个如果。看一眼吧,或许还在,或许并不,有些事情会有答案的啊。

"喵——"

我听见猫的声音,忐忑的心情转瞬放晴,是阿喵啊!比起一年前的它,阿喵圆润活泼了许多。

我走近看看,它的"家"没有动过,依旧杵在那里,还多了好多新的用具还有些食物,不像是日久失修的样子,一看就知道有人在悉心地照料着。

忍不住冲上前将它一把抱住。不确定它是不是还记得我,但还是好开心。当你发现那些从前被自己视之如命的东西从未消失，反而被人好好保存，就能够让你重拾旧日的所有美好，尽管已经离那些东西好远。

其实已经够了，那些隐忍的夜里想象过的情景，他会不会也觉得难过呢？会不会找过我呢？会不会也曾视那段时光为珍宝？会不会也跟我一样想要个答案？所有我向时间投出的疑问，都成为掷地有声的美诗，即使没了所谓黑或白的结果也都没关系，其实已经够了。

直到——

"好久不见。"

身后是那个夏天里，燃亮整片星河的少年。

08

我望着他，非常仔细地注视着他，双眼一眨不眨，认真地端详着，没有吭声。我怕再不好好看着他的脸，有一天就会忘记他所有的神情。

他低头蹲下，从袋子里取出新的罐头，又把阿喵吃完的罐头收进袋子里面。他没有发现我在看他，他总是没有发现，总是不曾回头看我。

"终于考完啦!"

他一边揉揉阿喵的头,一边冷不防地说。

"啊,对呀。"

我有些紧张地接上了他的话。

他低头的侧颜跟一年前毫无差别,举手投足时的神情与初见时一模一样,甚至连刘海的长度,眼角弯起来的弧度,笑容的深浅,都跟那年夏天遽然伸手拉住我手臂的少年如出一辙,还有……还有心头急切的跳动声。

"跟朋友来放烟火啊?"

他指了指不远处那里的几个朋友。

"嗯,对呀。"

我仍然明目张胆地望向他,无声地走近他一步。他转过头来看我,眼中似乎有什么一闪而过,然后是脑海中那抹不变的笑容,接着把猫咪递到我的手上:"给。"

"谢谢。"

我接过阿喵,眼睛却依然不曾从他身上移开。我想要好好地看他,把他身上的每个细节都映进脑中。他还是一如既往地高大帅气,声音清亮,跟从前一点儿差别都没有。

"后来它都吃得很好,也没再受伤了。"

"嗯。"

然后他拿出钱包,从中掏出一张阿喵的照片。

与此同时,有什么东西从他的钱包里掉到地上。是一张被折成小正方形的纸,上面布满一些皱折痕迹,一看就是岁月流淌过的印记。

我蹲下来替他拾起。

他珍重地接过,往纸上呼了几口气,吹掉沾在纸上的一点儿灰尘。

"看起来是很重要的东西。"我笑了笑,不经意地问。

"嗯嗯,"他轻柔地回应,眼神里满是温柔不尽的辰星,"是我喜欢的人写给我的信。"

那是我没见过的他。

那竟是我从来没有见过的他。

以前知道他喜欢动物的时候曾经透露出温柔的眼神,与此时此刻的他压根儿不能相比,那眼眶里徜徉着的笑意,是我从没见过的流光雍容。

他说喜欢的人,柔情的声音穿透我的心脏。

他又把它折回一模一样的形状,放回钱包里最显眼的位置。

看得出他真的很珍惜这封信,连触碰到它的任何动作都变得轻柔。

这时我收回我的目光,悄悄地把猫咪放回它的"家"里。

"你看,它还是记得你的。"

"对、对啊。"

他蹲下来把它的窝整理干净,然后转过来跟我说:"玩儿得开心点儿。我先走啦!"

我微微点头,朝他挥挥手。

"再见。"

他不再比那个意味着再见的手势,而是用他轻柔又清澈的声音跟我说着他以前不说的话。

"再见。"我说。

阿帆的身影像是每次分别的时候那样,慢慢地缩小,继而消失不见。

只是这次,他离去的那条路不是这条在河堤边两百七十三步可以走完的碎石小路,而是在我心上的那条时光长廊,并且走得悄无声息。

原来啊。

这就是故事的结局。

09

邱翊然、少槿、若安、铭希他们都已经把行装堆在一边,各自拿起了烟火棒在挥动。

这时,翊然注意到我独自一人默默地走回来,便欢快地向我走来。

"你去哪儿了啊?"

"没去哪儿。"

我怔然地摇摇头,却怎么也雀跃不起来。

他往我的手中塞了一支烟火棒,用打火机把它燃了起来。

"怎么了?不开心呀?"

翊然是班上的开心果,从我高一认识他的那一刻起,从未见过他沮丧的样子。

"嗯。"

我望着手中的烟火棒迅猛地燃烧,一阵闪亮的火花在我眼前如灿灿星斗似的闪耀,然后很快地烧到了最后,火光消耗殆尽。

他又给我点亮了一支。

"这个世界上有一个这样的人,他长得好看而且各方面都优秀，高大帅气，喜欢偶尔打篮球，然后他骑脚踏车回家的那个样子像极了小说男主角特有的神情。他喜欢动物，看见受伤的小猫也不嫌弃，还帮小猫建了一个家，一照顾就照顾了一年多的时间。他还说，等有一天猫的主人回来找它的时候，要完完整整地把它交给它的主人。你说吧，一个这么好的人，要有多幸运，才能成为他眼中的耀眼星辰？"

你说世界上那么多颗星星，我唯独看见那颗如他耀眼的星辰，在万千星宿中令我神摇目夺。

那个时候我就在想，他话里头的那个女孩儿有多幸运，才能住进他的眼中、心中，才能成为他眼中的那片星河。他的眼中有不落的星星，但那却从来不可能是我的样子。

说着说着，眼睛似乎蒙了一层模糊的水汽。

"其实你也是啊。"

邱翊然转过来看着我，隔了好一会儿突然冒出这句话。

"嗯？是什么？"

这个时候，他抬头看着我，我忽然看不清他的脸。依稀之中他朝我笑了，笑容跟以往那些没心没肺的笑容有所不同。我望不尽他眼底的绚烂，只见他低头又帮我点了一支烟火棒。

那年我们要毕业了，烟火是一段旅程结束的纪念，恍若拿它作为这段一闪而逝的时光的比喻。初夏的夜晚里，树影被热风拂动,烟火燃烧的声音重重回荡,为我们盛开的青春告别。从这里开始裁剪出来,与他的声音堆叠在一起——

"你也可以是别人眼中的耀眼星辰。"

——将此献给16号·纪念那些暗藏的深情

你是年年日日的错付

我唯有将你归还给漫漫余生,从此山南海北,再无你。

01

有些人注定是生命中的过客,而不是归人。

02

我总能在人群中一眼就看见你。

仿佛是在你的身上装了准确的追踪器,或者是受到那来自我看不见的神秘地带,上帝在无形中的指引,使我总能在人潮拥挤时一眼找到你。

不论是早上集会的时候、午休吃饭的时候、下课大家蜂拥离开学校的时候、校运会的时候、回到学校远远看你和哥们儿走在一块的时候、课后小休时大家在操场热闹嬉笑的时候、大家围在成绩栏前你一言我一语的时候……只要有你在的地方,或近或远,你就像是走在我的眼前。

视线从未陨落，所有的欢喜都显影成形。在渺渺深远望着你时，你身后所有无关的人都像电影后期被模糊掉的影像，声哑失色，徒留你的面容、你的身影、你的举动，在我的眼底渐渐清晰起来，晃动成一个宇宙。

阳光恰恰洒在你的身上，把你的一边侧脸映得亮泽，轮廓深刻而分明。你站在融融的艳阳底下，有那么一刹那，我眼中的你和光融合在一起，甚至穿透了那道煞亮的光，或者说，你是光本身。

"白楠——"

身后是卓以羡的声音，一下子把我的思绪和目光从他的身上扯出来。我惊慌地回头，有点儿心虚地眨了眨眼睛。

"啊？怎么了啊？"

脱口而出的话只是为了掩盖刚才直戳戳地注视着他的尴尬举动。

"走啊，待会儿去吃冰激凌！"

卓以羡对于我怪异的行为不明所以，伸手把我拉进了教室。而我还是忍不住回过头来，想再看他一眼。

不远处，隔壁班的门口，李丞远像是听见了卓以羡喊我的名字，跟着转过头来看我。几乎只是在一秒中发生的事，我们对视了。

不偏不倚地，堂堂正正地，两双眼睛在空中无声地触碰在一起。

只是一个片刻，只是一个在巨大虚无的时间里，谁都不曾在意过的片刻，只是一个细碎得都无法称得上时光的片刻，却重重地击中了我心里某块柔软的角落，然后就此被好好地珍藏着，细细地反复拿出来翻看。这时的你，这时的自己，这时的我们，远远看去，像是一幅美好到虚假的画作。

我竟然望进了你的眼睛，却看不清你眼底是否有一丝的笑意，还是说，是我心里无法掩盖的欢喜太明显，把这个场景渲染成命运的相遇一般。

什么啊，明明连一句话都没说，明明什么交集都没有，自己的心却如此慌张，躁动得如兵荒马乱。对方只是一个眼神，我就像是得到了全世界一样，四海八荒，却也相思万里。

喜欢你是从高一开始的事。

在那之后，我和你的故事一直在我的世界里进行着，而你的故事却从来没有我的名字。

我在故事之初是这样子提及你的——

> 我的生命里有一个少年，

他轻易占据了我青春的时光,却也要我花毕生去遗忘。

03

在这个有你的故事里,很多事情你却不知道。

我们从来没有同班过,关于你的消息都是从别人口中知道的。

那个时候,我们两个人的教室比邻而居,学校的公共饮水机就在我教室的正对面。坐在窗边位置的我,总能看见你路过我教室的走廊,和朋友走到饮水机前接水。

高中生活并没有想象中的有趣,老师总是孜孜不倦地讲课,恒久不变的声调从耳边一直随着我的思绪延伸到遥远的地方。阳光筛筛漏漏地穿透树叶婆娑地照在地面,云朵像排得整齐的棉花,空气中飘浮着沉闷和湿热的气息,头顶有白花花的灯光,时光就在这些试题和课本中如期地流逝。我看着被我涂鸦过的课本,回过神来,却看见自己在上面无意识地写了你的名字——李丞远。

尽管是无意之中写下了自己的秘密,还是忍不住盯着你的名字,缓缓地扬起嘴角。

这些就是我高中全部的生活,而你是其中最大也是我最喜欢的部分。

是你,滚烫了我年少的时光。

后来我偷偷把你经过我们教室去接水的时间记了下来,每天上午第二节课下课后以及下午第一节课上课前,这也成了我每天最期待的时候。

透过玻璃窗看见你映入我的眼帘时,我就会叫卓以羡陪我一起去接水。有时候是走在你的前面,有时候是走在你的后面,即使我的水杯里还有满满的水,我也会赶在那之前把所有的水喝掉,制造一个与你偶遇的机会。

你会和兄弟打打闹闹,讲着篮球或是打游戏的事情,我排在你的前面或是后面,就会愣着"偷听"你们的对话。每每那个时候,我的心就像被一张糖衣紧紧包裹着,啊,这天在日记里又能记录更多关于你的事了。

你不会知道,我根本就不爱喝水。

第二节课下课铃响了,我捧着我的水杯跟卓以羡说:"走吧,以羡,陪我去接水。"

"啊?我的水还没喝完……"

她的嘴巴说着不愿意,最后还是被我拉了起来。

眼角的余光中出现了你高挑的身影,我赶紧走在你的前面。

后来轮到我的时候,也因为太仔细"听"着你说话,没有注意到水就要满了。直到以羡在旁边叫我一声,这才反应过来,但水已经溢出,我怕溅到自己,不由自主地往后站了一步,正好撞上站在身后的你。

你伸手抵住了我的后背,能感觉得到你微暖的体温传递到我的身上,就一刹那我竟躲开了,转过来低头不敢望你的眼睛。

"白楠,你傻啊?!"

以羡翻了我一个大大的白眼,帮我把多余的水倒掉,盖好杯子。

我鼓起勇气跟你说声对不起,你轻松地笑了下,说没关系。

好难堪啊,这根本不应该是我们第一次说话的场景。

我愤愤地拉着以羡回到教室,心像是被狠狠地揍了一拳,甚至马上浮现了紫青的瘀青。

以羡突然走近我,眼神有点儿暧昧不清,她细声地问我:"白楠,你是不是喜欢李丞远?"

怎么说呢,那一刻闪电仿佛当头劈了下来,也几乎是下意识地反应,我立马摇了摇头,脸上却是一抹煞白。

"干吗不愿意承认啊?你也不差啊!"以羡在一旁坏笑地看着我。

我摇了摇头,而后又点了点头。

她说得对,我其实一点儿都不差,在年级中也算是一个"级花",大家都喜欢找我玩儿,也不是没有男生喜欢我,甚至在所有的老师和同学眼中属于优秀的学生。只是为什么呢?为什么喜欢一个人,是一件不能被别人发现的事?为什么我们总是为喜欢一个人而觉得丢脸,甚或是急着想要与自己的喜欢撇清关系?

我想,更多的时候不是丢脸,而是觉得自卑吧。

后来我才明白,原来喜欢一个人的第一个反应,不是勇敢,而是自卑。

所以我只能默默地充当着暗恋你的角色。

想见你的时候就故意找事情经过你的教室;午休的时候又特地早早吃完饭,站在扶栏那里从高处看你在操场打球;偶尔从别人口中得知你吃饭常去的地方,就硬着头皮拉以羡一同前去……还有很多很多这样藏在缝隙里的细枝末节,难以言喻,无以名状。

其实你不知道吧,我所有的费尽心思,都不过是想看你一眼。

04

还记得吗,那首歌。

学校社团周的时候,有一个摊位举办点歌活动,摆上了一个大型纸板,写着"点播站",所有同学纷纷拿着便利贴写下自己想听的歌贴在纸板上。

我站在纸板前,想了好久,却只想到了你。

伫立了一会儿,在纸上写下了那首歌,正准备贴上去的时候,眼角瞥见了你。

我静静地看着你,你仿佛感受到有人注视你的目光,正在写便利贴的手停住了,倏地抬起头来看我。这一次我没有闪躲开你的眼神,反而举眸迎上你,你终于望进了我的双眼,又看见我在纸条上写的歌名。

于是,你一点一点地笑起来,眼睛弯成了一座桥,张扬自信的神情帅气极了。

你对我说:"我们写的同一首歌欸!"

那首歌是这样唱的——

　　我宁愿所有痛苦都留在心里
　　也不愿忘记你的眼睛
　　给我再去相信的勇气
　　越过谎言去拥抱你
　　每当我找不到存在的意义
　　每当我迷失在黑夜里

夜空中最亮的星

请照亮我前行

（逃跑计划《夜空中最亮的星》）

  那天下午休息的时候，校园里真的播了这首歌。

  你如常地走出教室，我如常地等待着你来。我们在走廊里相遇，这一次你停了下来，我们心照不宣地一起止住了脚步，你听着音乐稍稍地走神。

  我明目张胆地看你，忽然觉得你近得毫不真实，我竟从未如此靠近过你，我知道你从来就没有别的意思，但我还是止不住红了脸。

  湖海山川都静然温柔，唯有我心底对你密云暗涌，旷野雨落却没有尽头。

  在那短短的四分钟里，我第一次和你并肩。从此这首歌就有了特别的意义，而后每一次我们一起听这首歌的时候，我都能想起当时的你，喜不自胜。

  后来我没对你说，我夜空中最亮的星，是你啊。

05

高三那年,所有人身上的重担越来越沉重,包括你也包括我。学校不再充满青春洋溢的气息,取而代之的是死寂的安静以及埋头苦读的同学。我们脸上不再充满欢快而纯净的笑容,明天神秘而巨大,我们只能在庞大沉重的阴影下苟延残息。

你尽管收敛了一些意气风发,看上去依然英俊挺拔。

我对你的喜欢并没有因为这样高压的学习而减少,反而因为繁重的课业而逐渐增加。在一个大家都艰苦的环境里,也许每个人都需要支柱和信仰。可能是某些目标,可能是某些遥遥无期的梦想,亦可能只是某些人的存在本身,就足够支撑度过那段没有出口的时光。

还是很喜欢你,像那暗夜里大雨落不停,也像消失在阳光下的雨迹,无声无息,情不知所以。

某次模拟考,我没有考好,拿着成绩单站在教室门口不愿意回家,不知道怎么跟家人交代。那时天色已经渐渐地暗下来,学校里的人走得七七八八,空荡荡的教学楼恍如一座空城。少了人烟的气息,整个学校冷飕飕的失去了颜色。

那时,你蓦然出现在走廊的尽头,身后有着教学楼亮起的微弱灯光。你缓缓朝我走来,我的整颗心搁浅在最入骨的角落。

我不由自主地哭了,泪水模糊了我的双眼,也模糊了你走近的身影。

你轻声喊了我的名字,我没有响应你,你又呼唤了一次。

我抬起头眼泪却掉得更凶了,你有点儿惊慌失措,手足无措地想尽一切办法尝试着安抚我。我说我考试考砸了,不敢回家。

"没事,那我就陪你再待一会儿吧,待到你想回家为止。"

你一脸不在乎地说,眼神烂漫陆离。

我眼瞳里有了明晃晃的光芒,终于咧嘴扬起了喜悦。

"你考得还好吗?"

我转头看你。

你放下书包,陪我靠在窗户边,无所谓地说:"还行。"

"哦。"

"要不下次一起念书啊。"

"我、我成绩不是很好,拖累你怎么办……"

"别怕,有我在呢。"

你的轮廓在阴暗的白光下明明灭灭,却被勾勒出更深邃的面容。我抬头凝视着这个比我高出很多的少年,没有任何朝夕比此刻更让我动容。

这个画面,在往后的余生里,反反复复地出现在我的日记之中,所有的诗词字句都因你而落笔温柔,如同藏污纳垢里也能盛开出一片春天。

是你接住了,摇摇欲坠的我。

在天色越发深沉之时,所有灯光都为我们燃起。就这样安静地待着,沉默了好一阵子,突然没由来地,我有了说出口的冲动。

"欸,李丞远——"

"嗯?"

我屏住了呼吸,所有事物都在此刻静止不动,血液和心脏都因此凝滞,感觉快要窒息。这么多久久不落的时光,这么多无法言说的心事,所有被我深埋在泥土底层的秘密,在这一刻都一一明晰地晃动在我眼前,宛如千军万马乱我心田。

我听见自己的声音在无比静谧的环境下突兀地响起——

"我喜欢你。"

06

我可能真的疯了吧,真、的、疯、了!

我想象过无数个自己表白的情节,编写过无数个和你的故事发展,也细心安排过所有跟你有关的交集,却从未想过在脸上还带着泪花,一点儿都不唯美的情境下,和你告白。

说完之后,我马上意识到自己的失态,二话不说就提起书包,落荒而逃。一刻不停地前进,丝毫没有停下来的意思,仿佛早就知道了这一切的结局,仿佛我就是这篇故事的主导,而我只是不忍看见一些东西的碎裂。

身后没有追来的脚步声,却清清楚楚地传来你清亮的声音:

"白楠——"

我没有回头。还是那样的自卑,还是那么的懦弱啊,甚至也不敢听见任何答案,任何声音对我来说都如此残忍。

"那就在一起吧。"你说。

我停住了,僵硬在原地动弹不得,有一刻我没听明白你说的意思。

你慢慢走来,懒洋洋地说:"跑什么跑呢,我不是说在一起吗?"

我企图在你的眼睛里寻找答案,却发现我早已逃不过你的任何眼神。

从高一到现在,延迟了两年半,属于我的爱情,终于开始了。

感谢你让我走进你的眼里,让我知道从此星河不再遥不可及。

07

　　人们都说悲伤的事情才能长久地逗留在生命里，美好的事情却不能。因为相较起来，不幸从来都十分具体，而幸福则是非常模糊且失真的，像是那些图片被加工后无限虚化的背景，总是难以找出真实的轮廓，总是缥缈如幻象。于是我们才要不断地去确认，确认这些美好是真切地发生过。

　　所以我总是喜欢问你，想要跟你确认，我们在一起这件事；也总是喜欢问你，是不是喜欢我。

　　和你在一起的所有日子都如此耀眼，耀眼得毫不确凿。

　　每天依然还是会因为你去接水，只是站在你身边的人不再是兄弟，而是我。我不再是排在你的前面或后面，而是能和你并肩，抬头看你俊朗的神情。你接过我的水杯，冬天的时候还会细心地帮我往里头加些热水。

　　后来的每天，你会提早一点点出门，帮我买早餐。我也会提早一点点出门，名正言顺地站在你的教室门外等你。总是能够接收到别人看着我们俩时暧昧不清的眼神，然后看你从远处走来，那清澈的眼眸中满满都是我的身影。一见到你，心脏就像是一张白纸浸在水里，温柔一点一点地从心底漫开，充斥心房的每个角落。

那时的我们，在你不用和朋友打球的礼拜四和礼拜五，会一起走路回家。你推着脚踏车，一米八的身高跨出一步的距离就已经是我的好几步，但你总是缓下脚步等我跟上你。那时我想，从来都是望着你的背影，如今却能轻轻嗅到你衣服上传来柔顺剂的清新味道，还能看着你两边的鬓角长度，右边脸上那颗小小的泪痣，还有你修长且骨节分明的手指，以及你永远温暖的体温。

我们学校管得很严，校园恋爱什么的都必须得偷偷地藏起来，不能被老师发现。有时我们找不到可以去的地方，就围着学校的操场散步。金灿灿的阳光打在我们身上，我们有时会被地面反射出的白花花的光刺得眯起眼，两手垂在身体的两侧却也不敢牵起对方，也舍不得把时光走得太匆忙。

你学业成绩比我稍稍好一些，模拟考的那些时间里，我们会一起去图书馆念书，我习惯提早去那里帮你占好位置。你会讲解令我一头雾水的数学题，一边听你的声音，一边在纸上计算。偶尔出神的时候，你温柔地拍一下我的后脑勺，待我抓回飘远的思绪时，看见无意之中写下你的名字，赶紧慌张地遮住，奈何这些小动作总是逃不过你犀利的眼神。你抢过来认真地看，然后笑容渐渐地在脸上绽开。

那个被警卫封起来的天台，我们总是喜欢偷偷地跨过栏杆爬进去。有时候就安静地坐在那里，你带了你的耳机，我们一人听一边，听得最多的就是那首属于我们的歌。有一次，我们翘掉了晚自习，又来到了这个天台。那天的夜空异常明亮，烂漫的星辰踏着遥月而来，有风轻轻拂过你秀气的脸庞。你忽然寸寸靠近，亲吻了我。

你看，果然我的世界里所有的美好，都与你有关。

高三那年，明明是最难熬和幽暗的时候，你却赋予了我的青春"幸福"两字。后来我想，当时的我们，算是不负韶华了吧。

"我们真的在一起了吗？"

"对啊。"

"你喜欢我吗？"

"当然啊。"

08

我们总谈论着未来，耽误着现在，遗忘着过去。

我们都以为自己能够掌握时间的刻度，就像是我们误以为自己能紧抓住逝去的东西。然而时间向来精准而残忍，从不会等我们有所准备的时候才领我们走进更远、更陌生的未来。

未来比我们想象中来得更快、更急，更令人措手不及。很快就迎来了高考。

我对未来没有太大的幻想，唯一想的是将来能不能再像以前那样，每天都赖在你身边。毕竟世界如此宽阔，轻易就能淹没一个我。

你说，别怕呀，这有什么好怕的。

我问，你喜欢我吗。

你说，那还用说吗。

最后成绩出来那天，没有给你打通电话，自己默默地躲在被子里哭了一宿。

我考砸了，你考得还行，能上不错的大学，而我能选的学校没几所，只能留在这座城市里念一所不知名的小学校。

你说，你会常常回来看我。

我发了一顿很大的脾气，在你面前又哭又闹像个讨玩具的小孩子般蛮不讲理，我死死地拽着你的衣服，眼泪潸潸洗面。许多的话想对你说，想要喊一句你不要走，想要你为了我留下来，然而所有的话全堵在了喉咙，我像是失去声音的哑巴，一个字都说不出来。

我终于慢慢地松开你的衣服，你叹了口气，揉揉我的头发。

那天我做梦梦见了你，我看见你的身影如同电影的片段飞快地转动着，从我的面前渐行渐远，一刻不停地朝着未来前进。而我被锁在原地，你连再见都没有和我说，决绝地带走了我生命的一部分，就此离去。从此山南海北，再无你。

你走的那天，抱着一只很大很大的熊玩偶来找我。我拼命地跟自己说，别哭着送你走，看见你的时候却还是忍不住。

你把大熊递到我的面前，我一声不吭地接住。

你淡淡地笑了，说："想我的时候就把大熊当作我吧。"

我抱着大熊，把头靠近柔软的玩偶，眼眶终于挂不住浮漾的泪珠，汩汩而下。那句想你为我留下来的话，始终没能说给你听。

"好啦，别哭啦！"

"嗯。"

"到了再打给你。"

"嗯。"

搬去大学宿舍的那天，无视家人的鄙视，我硬要把大熊搬到宿舍。

我和卓以羡说，我要把它放在我床上最显眼的位置，每天都要看见它。

她总对我翻白眼，静静地看我每天对着大熊做些弱智的举动，有时候看着看着她也会跟着笑起来。她说，当我提到李丞远的时候，眼神里总有光芒。

后来才明白，在恋爱里面，难过的事情比快乐的事情要来得多得多。但为什么那么多人还是奋不顾身地去爱呢，哪怕自己飞蛾扑火也义无反顾？

因为我们可以为了那一点点甜，而忍受世间所有的苦。

也可以为了自己的念想而不辞万里。

09

所以说，我从来都不喜欢烟花，在稍纵即逝的绚烂之后，星星点点的花火渐渐地被夜空埋没得毫无痕迹，像是从来没有发生过那样，找不到它曾经如花绽放的证据。

像是我们，被时间消磨得不成样子。

刚上大学的我们，起初每天都会打电话，后来你因为系上的活动，课业变得越来越忙碌，但也时常会发给我一些你生活的照片。你说等到我们都放假的时候，接我到你的学校，去感受那些你生活的痕迹。

几个月后，你找了一份学校附近的打工，每天有几个小时要工作。你说要赶紧赚够了车票钱，才能快一点儿回来见我。心疼你的劳累，也不敢多打扰你的生活。看着你学业繁重的同时也努力过生活，每天只敢在睡前打电话给你。就算没有见到面，从话筒传来你的几句话语，就足以清除掉我一天所有的委屈和难过。

没那么忙的时候，我总是守在手机旁。一看到新的讯息，整个世界就像是被点亮了一样，迫不及待地打开手机仔细查看。有时候是一张你吃饭的照片，有时是"下班了"几个字，有时可能只是一个表情符号，但神奇地，你的讯息有种安抚的功能，总能一下子吸引我所有的目光，让我专注在你身上。

偶尔也会一整天没有你的消息，那时我只能反反复复地翻看你以前传来的讯息，以及我们在高中对所有被我镶起来闪闪发亮的回忆。知道你的生活那么忙碌，我该懂事地谅解你，总不能做一个耽误你的人。既然无法朝夕陪伴在你左右，那么，我就该心甘情愿地做个支持你的角色。

毕竟，我这么喜欢你，这些都不是什么问题。

后来我也忘了，从什么时候开始，每天打电话的我们，变成隔天打电话；曾经无话不说的我们，渐渐地话题越来越少。你说你工作有点儿累了，想要早点儿休息，我仿佛也失去了任何占据你时间的借口，只能眼睁睁地目送你走上十字路的分岔口。

我们开始过着截然不同的生活，相异的圈子，四分五裂，各自奔波，各奔天涯。你有你的声色犬马，我有我的流岚落花。你的生活、你的生命，我再也难以触手可及，所有失望和失去我全都无能为力。我现下只能一人站在回忆的长廊,与曾经欢快的两人显得格格不入。

果然有些事情,永远没办法像从前一样,对吧?

即使这样,我也仍然愿意每天守着电话,只为了等你传来一句晚安,才肯安然地睡去。即使这样,我也愿意把所有的未来设计成有你的模样,让你拥有我大半的人生。即使这样,我也依然想要用力地抓住你,像是高中时我在你身后守住你的背影那两年半的时光一样,守住属于我的爱情。

还记得高中有一次,我提及未来的向往。我说我想要办一场西式婚礼,是在草地上举办的自助餐婚宴;我说我能想象到你穿着西装挺拔英俊的样子,想要在大学毕业之时就能够结婚。你不置可否地点了头,我却误以为那是说好的意思。

有些美好,回忆起来的时候,像是梦中的路人旁观着这一切,像一个旁白在叙说着别人的故事。说书的人还在,听书的却已人走茶凉。

日子照旧,过于泛白,只是再也执不起流年。

我仍然乐此不疲地询问着你当初自己爱问的问题。

——你喜欢我吗?

——干吗又问啊。

——你喜欢我吗？

——你别这样。

——你喜欢我吗？

……

在所有的答案里面，你从来就没有斩钉截铁毫不犹豫地回答过。这么想的话，我发现，你从来都没有准确地说过一句我喜欢你，却留给我一大筐空欢喜。

我们的关系，几乎从一开始就有了定局。因为我喜欢你，因为我足够在乎你，所以我舍不得离开你。在那些没你的日子里，我过得并不快乐。但是没关系，因为我喜欢你，我愿意为了你不快乐。也因为这样的喜欢太过于卑微，从一开始我们之间的天平就从来没有对等过，这份爱一直都向你倾斜。给你的爱太满，后来再多的付出也都于事无补。

其实许多事情，大概心里都会有个底吧。那些答案、那些回声，早已经在那个很深的地方徘徊和回响了。我比谁都清楚，你根本就没那么喜欢我。

然而，我却像是一个走在独木桥上的旅人，前进和归去都只能万劫不复，走失了灵魂。

10

跟过去的所有日子一样,喜欢你已经内化成生命的一部分,我只能循着身体仅存的记忆,习惯性地等候你,习惯性地在乎你,习惯性地为你难过。我开始分不清楚,是因为太过在意而妥协,还是开始不那么在意了所以妥协。

大一期中的时候,我生了一次很严重的病。

发烧到四十摄氏度,脑袋几乎没有任何能够思考和运作的能力,身体没有一丝力气,连意识都是飘忽的。身体滚烫得可以在上面煎蛋,我却感到无比的幽冷,整个人缩成一团,所有的棉被和大衣都起不到任何保暖的作用。我如同在冰堆里的火球,瞳昏目盲地被困在冰天野地里,浑身上下都在绞痛着,失去生命的气息。

以羡的大学离我的城市比较近,她想都没想就订了车票,来到我的宿舍照顾濒临死亡边缘的我。

那时我传了一条讯息给你,说我发了高烧。

过了许久,以羡替我买好药和粥,安顿好一切之后又坐车回去了。

我看着那个没有一丝动静的手机，忽然一阵鼻酸。我忍着身体的疼痛，把食物往嘴里硬塞，而后默默地清理掉宿舍的垃圾，洗一个热水澡，钻回被窝里，准备安静地睡去。

睡前打开了手机，望着那个和你的对话框，突然传来了你的讯息。我眼前一亮，煞白的脸上好不容易有了一点儿笑容。

你说，多喝热水，早点休息。

简短的八个字，我却看得泪流满脸。泪水轻易就涣散了我的双眼。

我点开了你的主页，想要记起你曾经在我生命中那意气风发的模样，却看见你发了一张和朋友打游戏的照片。

那一瞬间，我一直走得惊险的独木桥在无声之中猝然坍塌，我防不胜防地掉进无底的深渊，抓不住在对岸冷眼旁观的你。

我知道的，其实我在你心里并没有那么重要。

我翻开电话，打给以羡的时候，崩溃地哭了起来。

她跟我说："其实，他如果真的在乎你又怎么会一点点时间都挤不出来。他要是在乎你，就会马上坐车来找你；他要是在乎你，就会放下所有手边的事打电话给你；他要是在乎你，就不会让你一个人承受黑暗。白楠，你别再犯傻了。"

我们的爱情正在以我肉眼看得见的速度飞快地坠落，我只能眼见它在我面前碎得四分五裂，我还能听见它粉碎时发出清脆而决然的声音。我只能沿着断墙残垣的路去寻找,那些失去的证据裂了满地,我心疼地把碎片捧起护在心口。

你不知道,这些你不要的碎片是我拥有的全部。

那天晚上,我抱着手机,听着听着歌就哭了,眼泪像是出了故障的水龙头难以停歇,泪水沿着脸庞一直滑落,经过耳垂,最终浸入枕头,淡出了一片水花。

耳边有歌声唱着这样的话:

得不到的永远在骚动,被偏爱的都有恃无恐。

半夜迷迷糊糊地醒了过来,看见手机屏幕亮了一下,二话不说眼神里充满着期盼。转眼看清了讯息之后,那一点儿亮终于从我的眼眸里一点一点暗淡下去。

真傻,白楠你真像个傻子一样。

11

我仿佛能看见那一颗流星在我面前狠狠陨落。原来从来都没有绚烂的星河,只有稍纵即逝的晨露,被日复一日的太阳消散殆尽。

我终于也不再问你是不是喜欢我了。我想我们每个人都是这样，身体是有记忆性的。爱写信的人如果从未得到回音，也会渐渐放下那支挥落温柔的笔。

我看着我们之间渐渐变得稀薄，两人再也不说话了。我仿佛能预见有一天看着你消失在我的世界里。那么惶恐，那么手足无措，像是失去弹性的橡皮筋，在年月的拉扯下，渐渐地从紧绷到松软，终于没有惊喜地断裂开来。渐行渐远，然后消失，像水滴进大海里那样。

你已经不是那个会为我傻笑的男孩儿了。

我终究还是忍不住，心底的难受没有尽头，我把我所有的心事全盘向你诉说。我说你根本就不喜欢我，一点儿也不在乎我，而我却爱你爱得要死要活。

我想当时的我，在你的眼中肯定是不堪且卑微，甚至让你都不屑一顾吧。你在我面前总是趾高气扬、游刃有余，我却只能在四下无人的夜晚歇斯底里，溃不成军。

你听完我说的话，很久很久都没有任何回声。

我在骇人又疏冷的沉默里节节败退，像个等待宣判的囚犯。

最终，你说："我对不起你，你就别再把时间浪费在我身上了。"

就这么一句话，把我喜欢你以来的四年时光全都判了死刑。就像我那次梦见你一样，割取了我生命的一部分，把它们和你自己带进更遥远的未来里。

有一些东西终究不能像花开花败那样，随着柳叶而复苏。

我被你遗留在很久远的从前，不复重生。

有时我会想，或许是我太喜欢你了。

正因为太喜欢你，汇成河流的泪水也无法抵消全部的喜欢。

所以才会，才会一次又一次地向你妥协。

12

我还停留在那里。

像是手中用力抓住一大把沙子，然后看着它们一点一点地从指缝筛漏流走，也像是执着于那映在湖面上的月亮，伸手捞不到那些美好。

你让我怎么办。

未来你不肯再和我一同抵达了，过去我却也无法自己折返。

我掉落在时间缝隙，往前走或往回走都是不同意义上的失去，结局都没有你。

有时我会想，过了那么久以后，割舍不下的根本不是你，而是那段时光。或者说是那段时光里的自己。

后来很长的一段时间里，我不敢回我们的高中，不敢去那些我们以前常去的地方，不敢听那首代表我们的歌曲，甚至也不敢直视任何一个跟过去有关的自己。在我青春时的每一个模样都充斥着关于你的气息，我恨不得把自己也割舍去。

终究，我还是忍不住窥探你的生活。我依然无法像你一样，两手拍拍毫无留恋地将这段我们的时光删得一干二净。我做不到，做不到祭奠我们殉亡的爱情。我没办法放下你，如同电脑机器一般按下按钮那么轻而易举，但你却若无其事地走向了未来。

我看见你发了一张和一个女生在一起的照片。一看就知道那是你会喜欢的类型，我还是像从前那样毫无保留地了解你，胜过你自己。

那张照片里还有你的爸爸妈妈，我曾经向你提过想要拜访你的家人，你却总是温婉地拒绝我说，时间还没到。如今你做着当时没肯对我做的事，我希望你能对我做的，却都给了那个女孩儿。

你说我怎么甘心。

怎么甘心我的少年不再为我垂颜。

怎么甘心我的青春只是一场巨大的错付。

只是无奈,爱而不得却也痛而不舍。

人们说,永远不要在你年少的时候太过深爱一个人,在那些最无能为力的年纪里,想要给予全部的自己,终究都是痴人说梦,荒诞不经。

我唯有将你归还给漫漫余生,从此山南海北,再无你。

13

你从来没有一刻为我停下,我却永远为你停留在初见你的那个样子。

——将此献给白楠·纪念青春里的遗憾

你的恶与我的错

———————•———————

终于,我们谁都没有办法逃离这莫比乌斯环。

01

那是一条长长的走廊。

从训导主任办公室那里沿着长廊缓缓地走回自己的教室。

大脑像是被强行移除了所有思考的能力,短暂的窒息让我无法思考,耳边只回荡着训导主任那毫无感情可言的话:"吴梓乔,校方最后决定以记大过来处分,希望你回去后能够深刻地反省自己的错误。另外,我们已经通知你家长来了,你回教室收拾下自己的书包吧。"

瞬间,一阵涨热的羞耻从身体深处蔓延开来,我像只没有灵魂的玩偶,默默地走回教室。

远处有同学从窗口探出头来,一下子就看见了我的身影,然后他快速转身大声地向其他同学宣告:"欸欸,她回来了!"

议论的声音渐渐从窸窸窣窣的细小声量被扭开,仅仅是一些小声的耳语，也能让我震耳欲聋。

"天啊，怎么有人这么不要脸？"

"她真的好恶心啊！"

"你说她是不是心理扭曲？以后要跟她一个教室，我们是不是要一直防着这个贼？"

"欸，吴梓贼回来了——"

一声一声，一句一句，狠狠地敲在耳膜上。

我的脸色更发白一些，本来低下来的头垂得更低了。我不敢抬头去看他们，任何一个人的目光都足以使我四分五裂。

或许人都心存侥幸，我有一刻真的觉得，这个世界上许多的错误都是难以被发现的。

教室的角落里，甘郁涵在抽泣着，有一些女同学围在她身旁安慰着她。当她看到我的出现，她无辜无助的眼神刹那间转到我的身上，就在那短暂的一秒里，我能看出她眼中赤裸裸的讯息——阴悒、泛寒、厌恶。

我只能迅速地避开她的视线，然后急促地走回自己的座位。颤抖的双手慌乱地把桌上和抽屉里的东西使劲塞进自己书包里。

在这里再多待上一秒都能让我缺氧，窘得心脏发疼。

只想落荒而逃。

怎料身后不知是谁猝不及防地撞上了我。

我手中的书本和笔袋散落一地,周遭吵闹的讨论声归零,他们的视线死死地黏在我的身上。

所有人都在看我的笑话。

我不敢回头看是谁故意撞的我,只能狼狈地蹲下来把书本和文具捡起来。

待我重新站起来的时候,身后又有人经过,再撞了我一次。

"哟,吴梓贼,报应好像来得有点儿快呀。"

然后是一些笑声,大大小小的,混杂在一起,听起来,像是坏掉的收音机般,充斥着刺耳的噪音,巨大的阴影正在盘算着如何把我吞噬。

后来我也不断地问自己,是什么让我把一切搞成这样的。

我紧抿着双唇,把手上的书本塞进了书包,二话不说背着书包逃出了教室。

我能怎么样?又羞又恼,无地自容。

离开教室前的最后一秒,大家都不约而同地转头用充满恶意的眼神瞪向我。

被门隔断开的死寂安静,阻绝了身后传来的前所未有的凉意。

从此，不再有任何转圜的余地。我终于明白，这一刻，我不过是待屠的猎物。

02

一切皆为报应的序幕。

我不知道是不是每个人成长的过程中，都必须经历过黑暗的洗礼才叫作真正的长大。

而后展开的一切，如同命中注定般，我似乎根本没有立场去反驳。他们说，这是你的报应，你活该，你活该承受这些，若不是你错在前，没有人会这样对你，你活该。

你活该。

你真活该受罪。

头顶上的日光让我睁不开眼睛，虚合着的眼皮只能感受到半个模糊的世界，而另外一半的世界，是艳阳没有触及的荒滩和枯井。

午休时的教室异常安静，我伏在桌子上，享受着这仅有的朗日。

没有了目光和笑声的时光，静得透明。

忽然有一些脚步声缓缓地靠近。

他们要回来了。

我的身体下意识地缩了缩,却还是不敢睁开眼睛。

像一切没发生过那样。

"那谁,原来是吴梓贼在啊。"话语里是满满的鄙视和不屑。

"你小声点儿,人家还在呢。"

"在就在,谁怕她啊,明明自己做贼啊,还不让人说吗?"

声音渐渐扩大,像头顶驶得越来越近的飞机,每一下声响都震动着耳膜。

太阳底下的目光,比黑暗中的目光更显炙热,嚣张而直勾勾的眼神明目张胆地落在我的身上。

然后,然后就在我思索着要怎样在他们的目光中自如地醒来之际——

一壶水迎面而来泼淋在我的身上。

我慌忙站起了身,水就这样沿着身体的右半边渗进校服里,滴得满地都是。

"哎呀抱歉啊,我的水壶不小心打翻了。"站得离我最近的女同学一脸可怜地看着我,语气中却并没有道歉的意思。我认得,她是甘郁涵的好朋友甄静。

"啊,你弄到我的书包上了啦!"

坐在我后面的女同学不满地瞪了我一下,露出不耐烦的神情。

心脏倏地从高处重重地往下沉。

他们说,你就是活该。

狭窄的厕所格间里。

我不断地拿纸去拭干校服上的水迹,右边的一大块都已经湿透,白色的校服被水渗入后更显透薄,隐隐地露出内衣的轮廓。

我涨红着脸,死劲地企图用卫生纸吸干校服上的水。

像是有什么液体迅速地倒流回心脏。

眼睛在发热。

我的双手微颤着,却轻轻地在脸颊上摸到了一把泪。

好久以前曾听说过,时间的维度是根据一个人的心情而延展的。虽然时间从来都是一秒一秒同等的,但一个人的情绪能够影响他感知时间的快慢。

比如此刻,我面如死灰地走回教室,耳边传来他们尖锐的声音,那从厕所回到教室短短十几步的距离变得无比漫长。他们讨论着我的懦弱、我的失态、我的困窘。

有那么一瞬间,我想冲上去抽他们耳光,跟他们说,你们有什么资格教训我?你们也同样肮脏、同样丑陋啊!

可是他们看我的眼神,仿佛是一把利刃,轻易地就能刺入身体最虚弱的地方。

回到自己的座位,我低头凝视着地面上,还有椅子上的一摊水,从书包里拿出卫生纸,在老师来之前,蹲下来把场面清理干净。

心脏像是破裂出一个窟窿,继而蔓延出去的裂痕没有任何尽头,只剩下连绵不绝的碎声。

校裙竟也慢慢地被阳光晒干,空气的闷热无情地带走了水分的湿度,然后消解得无声无息,像是什么事都没发生过那样。

他们还在笑着,坐着,讨论着。

而我的裙摆也就在他们一次次的嘲弄中,快速地干了。

被磨灭着,消耗着,腐朽着,溃烂着。然而这一切却也依然……

不留痕迹。

他们说,这就是活该。

还会有这样的时刻。

"吴梓乔——"

老师叫喊着我的名字,我从座位上站了起来,老师直视着我,问我:"你的作业呢?怎么没交?"

"我交了啊……"就在我回答的时候,远处传来几声"扑哧"的笑声,于是我明白了一些潜在意思,重新跟老师说,"对不起,我明天再补交给老师。"

那些嘲笑的声音像是肮脏的后巷角落里,四处乱窜的老鼠,在暗地里张牙舞爪。

我缓慢地转头扫过他们的脸。分明只是一些单纯而欢快的笑容,在我的眼中却扭曲成怪物的形状。

下课的时候。

身后突然有人拍了拍我的肩膀。

甘郁涵走上前,递给我已经变得霉霉烂烂的作业本,上面甚至布满污水的痕迹。

我读不懂她眼中的讯息。

"梓乔,我叫他们不要这样子对你的……"

她的脸上闪耀着动人的美好光芒,在斜阳底下,更显得楚楚可怜。

她的好朋友甄静凑上来,一脸讨厌的神情说:"郁涵,你别管她!"

然后拉着甘郁涵的手从我身旁离去。

她经过我身边的瞬间,那微乎其微的声音如女王亲临一般从我耳边掠过。

"是啊,谁叫你偷我东西呢。"

这是一个巨大而浊臭的湖。
漆黑的阴影之中,所有的未知和神秘都让你觉得恐惧。
不知道下一次还有什么在等待你。
那蓄满水的湖面宛如随时随地都要迸发出更浓更乌漆的稠浆,我只能在一片尸横遍野里渐渐血流成河。

03

每个人心里面都有数量不等的蜡烛,它们或明或暗地在心脏里闪烁着,支撑着我们眼前所相信的世界,抑或是,点亮起内心最荒凉的宇宙。

我想过很多众人能够折磨我的办法,脑中也浮现出无数次那些电影里面,被霸凌至死的主角们所受过的欺负。我以为在我有过心理准备之后,就能够坦然地接受他们施加在我身上的一切。

诚然,当恶意来到自己的面前,无论事先设想过多少次,自己还是会如期地崩裂,碎不成形。我们也许生来就难以习惯被虐待。

午休时，我总是最先回到教室的人。少了同学一些烦人的打扰，算是唯一一段能够清静的时间。

回到教室的时候，甘郁涵正小心翼翼地从教室走出来，迎面和我擦肩而过。

我下意识地畏缩了一下，她的肩膀重重地撞开了我。我停住，转过头来望着她。

她直勾勾地注视着我，眼神中少了那点儿虚伪的善意，取而代之的是明显的敌意。

"你……"

我正准备开口和她说话——

她停顿了一下，就收拢起自己的目光，从我身边走过。

似乎所有的事情都早已有了预兆。

当同学们都回到了教室，甄静忽然大声地叫喊了起来："我钱包不见了！"

猝然，所有人的目光不约而同地聚集在我的身上。

我愣在原地，连开口解释的时间都没有。

他们慢慢地朝我走来，我仿佛见到他们身上那一双双无形的手正架在我的脖子上，一点一点地用力将我掐死。

我感到胸口一阵窒息。

"不会是你吧——"

"她不都是第一个回教室的吗?"

"我没——"

就在我张口想要辩解的时候,有人拿起我的书包,粗暴地在里面翻查。

"我说,我没有——"

话还来不及说完,那人从我书包里拿出了一个不属于我的钱包。

那些目光和话语都不再重要了。

我看不见窗外透进来的日光,看不见那些无声无息的刀刃,听不见他们青春洋溢的脸孔背后那些狠毒的话。我只觉得天旋地转,耳边上百只蜜蜂在蠢蠢欲动。

就像是一片龟裂的大地无声地从裂缝开始延绵开来,形成再也修补不了的洞穴。有什么掉到最深的幽暗之中,沉默地碎裂,然后瓦解成粉末。

"果然,狗改不了吃屎。"

甄静大步走到我面前,然后用力地扯住我的手,拉着我走,

"你跟我去找老师,我不会就这么算了!"

身体失去了所有的知觉,一切不过是一场幻象。后来我站在老师的面前,他们面无表情地凝视着我,我甚至觉得,我不过是一幕戏中的一个角色。

"你说说看,这到底是怎么回事。"

"我——"

我想有些情绪就像是一个蓄水池,当水位高涨到一定的程度,就会自然而然地倾泻出来。如同乌云在极致地翻腾过后,终于迎来了一场猛烈的暴雨。

才说完一个字,胸腔内掀起一阵阵张狂的酸涩,经过心脏、喉咙、鼻腔蔓延开来。累积的痛楚终于在神经末梢处开始迸发,然后泪水哽咽住了嘴巴。

所有疼痛都是剧烈的。

一瞬间,我的情绪崩溃了,我甚至连笔直站着的力气都没有。我顺着墙壁瘫软了下来,上气不接下气地说着,话语断断续续:"我真的、真的没有,真的不是我……我真的没有……老师,你相信我,求求你,求求你们,求求你们了……"

一定是有着极大的悲伤,才会发出这近乎绝望的呐喊吧,我想。

一定、一定是这样,所以才会在无人看见的地方,慢慢地红了眼眶。

求求你们,相信我。
好不好。
我真的没有,真的不是我。

当我回到教室,所有人都用一种看"怪物"的眼神望着我。
我下意识地转头看她,在无声之中,她抬起头看我的神情,似乎在对我说话——
——我赢了。

真相是什么。没有人觉得重要。人们觉得重要的,往往是他们所相信的事实。
心里那些闪着微弱光芒的蜡烛,一下子熄灭了一大半。
我再也找不到火柴点亮它们了。

04

故事的最后,是期末考试的那一天。
在我们所有人都把考卷交出去的时候,我身后的甄静猛然举起了手,老师缓缓地走近,甄静的声音不大不小,却足够穿透整个教室,她说——

"老师,我看见吴梓乔作弊。"

像是当头一棒敲在我的头上,我不可置信地转过身去看她。

甄静意气风发地说着话,脸上有着说不出的自信和威风,如同鲜艳夺目的巨型花盘,甜美、灿烂却也危险。

永远都有层出不穷的手段。

永远都有数之不尽的憎恨。

我被老师带到了教室外面。

身体像是被无形的线拉扯着,使不出任何的力气。

甄静说,看见我在窥探前面同学的答案,她说可以问旁边的甘郁涵,她也有看见。

我说,我没有。

甘郁涵没有看我,她好像再也不屑看我一眼。

毕竟手拿着剧本的人是他们,我好像自始至终都没有能够决定什么的权利。

他们说有。

我便是有。

训导主任叫我去办公室找他。

关上门之后,老师换下了那严肃无比的表情,取而代之的是语重心长的劝导:"梓乔,你现在已经两个大过了,如果真的确定你作弊的话,你就要被勒令退学了……"

"我没有。"
"但我知道,你们不会相信我。"

我坐在椅子上,看上去比想象中的还要淡定,已经不会再情绪失控了。忽然间明白,好像很多事,多了几次就会变得驾轻就熟。

我们的善良也许需要努力地去养成,但许多的恶意却是无中生有的。

我也在慢慢习惯这些恶意,对吗?

习惯这个堕落又万恶的世界。

"没有关系了。"

只剩下四分五裂的碎片了。

我不再理直气壮地为自己解释,也不再悲痛地求着别人理解。当心中的空洞扩大到一定程度,或许就再也装不下任何的期待和希望了。

我知道,这里再也没有我的容身之处。

我永远记得那一天。

终于,我还是离开了学校。

离开那些眼神带着恶意的人,离开这个我曾经很向往的地方,离开所有无比黑暗的根源。

在滞缓的时间里面,我最后一次走过学校那些曾经很熟悉的地方,仿佛重新回到从前的日子,春水初生,承载着希望和欢笑。同学们打成一片,堆积成山的作业和考卷让人抓狂,被日光晒得发亮的操场有着热血和汗水的味道,一切一切,我好像都记得。

有些事情我想我会记住很久很久,记得他们往我身上泼水,记住那些弄丢过的书本和笔记,记得有意无意的碰撞,记得那一个听起来让人耻辱的绰号,也会记得他们眼中的憎恨和嘲讽。

我似乎就在这短短的几个月里,得到他们口中所谓应得的"报应",只是我不知道,属于他们的报应,什么时候才会展开?抑或,终究不会展开。

毕竟,这世界没有永远的公平,对吧?

也许要很久以后,人们才能够意识到惩罚的意义,是让人重新来过时,能够做出适当的改变,而不是为了让他一直承受痛苦。

以牙还牙,不过是世界的常态。

我离开学校之前最后一次见到甘郁涵。

就像那个时候,我不知道有什么在等待着我一样。我见到她时,她依然笑得甜美、姣好,依然带着所有人都喜欢的优秀特质,站在人群里有说有笑。我想她也不会知道有什么正在等待着她。

其实,也并非想要刻意去报复些什么,只不过是埋下一些种子,让它们在或近或远的将来,簇成一片森林。

我忽然想起她曾经对我说过的话——

"难道你在做坏事的时候,就没有想过吗?"

我希望你有想过。

从此各安天命,只是我不会祝福你。

甚至,我希望你有个比我更悲惨的结局,因为有些恶,你应得的,不是吗?

你也曾经这样和我说过啊。

01

"就是她——"

几个女同学走上前扯吴梓乔的口袋,两三下就从口袋底处捞出了一个别致的钱包。

我新买的钱包。

我整个人都是蒙的。

"你……为什么……"

我恍然地看着她,她只是低下头,尽可能地避开了我的目光。

她什么都没说。

辩解、委屈、抱歉的话,一句都没有。

然后班主任就来了,女同学跟老师噼里啪啦地解释着说,见到吴梓乔鬼鬼祟祟地翻动我的书包,就和她当面对质,然后在她的口袋里找到了我新买的钱包。

而且，这个月也不是第一次有人丢东西了。

班主任听了之后紧皱着眉头，转过头来问我，是不是这样。

身边的同学见我还在发怔，轻轻地推了我一把，我清醒了过来，缓缓地点了点头。

没有一个人出声，大家仿佛都在安静地看着一出闹剧似的。

"行吧，你们先回到座位上继续上课。吴梓乔，你跟我去办公室。"

我没办法理解她。

我也不会尝试去理解她。

想到这些日子，在没有人跟她一起吃饭、下课、玩耍的时间里，是我主动去关心她，去与她结伴，就觉得很委屈也很生气。

全天下最不该对不起我的人就是她，她凭什么偷我的东西。

"郁涵，你没事吧？"同学把钱包递回我的手里，然后不忿地说，"你最好算一算里面有没有少了钱，如果少了，怎么样也要向她讨回来！"

"上次我不是丢了两千块①，我觉得可能也是她做的。"

---

① 文中涉及的金钱均为新台币。

"有这么一个小偷在我们班,以后我们怎么敢来上课啊……"

"连好朋友的钱都偷,还是不是人啊……"

我握着自己的钱包,脸色一阵红一阵绿。

心脏难受极了,像是被揉进了一块锐利的玻璃碎片,动一下都能刺痛全身。

真觉得自己像个傻子。

人家分明只是当你白痴,才装可怜给你看,只为了接近你、偷你的钱,你却真的把人家当成了朋友。

我默默地走回自己的座位。

一不小心,眼圈就红了,听见他们一句接着一句地讨论,就忍不住哭了出来。

真可怜——

挺傻的——

白痴——

我伸手擦掉落下来的一滴泪,然而,越想赶紧擦掉的眼泪,越是掉落得更凶。一滴滴的,晕开了桌上作业本的墨迹。

女同学都纷纷围上来,轻声细语地安慰着我。

后来吴梓乔回到教室,我穿过人影的缝隙找到了她的脸孔,直视着她的双眼。

她也看见了我,眼神里充满着心虚、惭愧、不知所措。刹那间,她就移开了视线。

有那么一刻吧,当我看见大伙儿推撞她,她仓皇失措地收拾着自己的东西时,我心中生起一阵痛快的感觉。

你知道吧,人总该为自己做过的事负责,哪怕掉到更深的沼泽里,也是在所难免的。

我希望在那之前你已经准备好。

02

有一些人就是,永远看她不顺眼。你永远知道,自己和她不是同路人,甚至连和她处在同一空间,都觉得讨厌。

心上的疙瘩是这样的,一旦滋生出来,就再也没办法消退,再看她多少眼,都依然会记得那些疙瘩存在的原因。而且,那些疙瘩会越发地显眼,越发提醒你那些丑恶的坑疤。

"我就真的看她不顺眼!要不是那天人赃并获抓到了她,不知道这样的事情还要经历多少次!"甄静在旁边愤愤地说,"而且我的钱也找不回来了。"

"两千块啊！！！你知道那是我拿来给家人买生日礼物的吗？"

甄静又开始动脑子。她说，她就看不惯吴梓乔，有她存在就代表着我们永远都要担惊受怕。

我想了想，也是，有了第一次，通常第二、第三次都会变得简单轻易的。

错误是不允许的。

许多时候我看着吴梓乔的脸，都觉得非常危险。我从来不曾想象过，一个看上去人畜无害的女孩儿，居然也会做出龌龊的事，而且还是在暗地里，在你不知道的背后，想一些办法打你的主意。

我曾经也把你当成好朋友的。

吴梓乔，你别怪我。

还好同学们从来不会让我失望。

我想人们都很擅长针对那些众人厌恶的人事物，吴梓贼当然也不例外。只要大伙儿一天还能觉得有趣，就不可能轻易地放过她，毕竟这个世界的从众心理，是很可怕的。

每当看见她狼狈、不知所措又无人依靠的模样，都会觉得她活该。好好的一个人硬要把自己弄到这个地步才甘心吗？不，不对，应该说，只有这样子才能让她知道，有些事情是从来都不该做的。

我不过是在教她这个道理而已。

作为该科课代表,我把同学们的作业都收齐了,准备拿到老师的办公室。

忽然在作业的最上方,出现了醒目的名字。

经过厕所的时候,我面无表情地拿起了吴梓乔的作业本,往那传着恶臭的拖地水槽里随手一丢。

静静地看着白皙的作业本缓慢地被污水渗透,再缓慢地被淹没,本子上的字迹逐渐化开。作业本被又脏又臭的污水弄得皱成一团,变成难以分辨的霉烂,不过是时间问题。

回过神来,我大步地走向办公室,跟老师说,吴梓乔没有交作业。

"吴梓乔——"

老师叫喊着她的名字,我看着她慌忙地从座位上站了起来,老师问她:"你的作业呢?怎么没交?"

她一阵惊愕,下意识地回答:"我有……"

然后班里传来一阵低微的笑声,似乎是一瞬间,她明白了些什么,然后又乖乖地坐下了。

那时候我在想,她会不会也在深深地懊悔着,自己曾经做过的坏事。

后来我把厕所里那本霉霉烂烂的作业本重新递到她的面前。
她似乎不再为此而感到惊讶,只是默默地接过。
我在经过她身边的时候用微乎其微的声音对她说:"你活该的。"

可能仅仅是为了看她刹那间的失态。
又或者仅仅是自尊心和好胜心作祟。
当看见你很讨厌的人处于低你很多阶级以外的位置,还是会不由自主地从心底笑出来。然后微微昂起头,宣告自己的优势。

或是因为和朋友之间有了共同的敌人而感觉欣喜,有时候不过是三两个女孩儿围在一起的小小是非,在不知不觉中,也会酿成沉浊的污秽,比如——
那个曾经被她偷过钱的甄静,给我发过这样一条讯息:

——弄死她。

03

双手是颤抖的。

我试图让自己冷静下来,再环顾四周,确定教室里一个人都没有。

全世界的声音都像在我耳膜里被无限放大,心跳通过血液扩散开来的紧张感,太阳穴剧烈地跳着,一下一下捶打着每一条神经。

我紧捏着甄静的钱包,过度用力以致指甲陷进皮肤里掐出浅浅的痕印。

再次转过头来,教室里没有人。

甄静说只要把她的钱包偷偷地塞到吴梓乔的书包里就好。

只要在人来之前,神不知鬼不觉地演好剧本,一切就能照想象中进行了。

有时候内心的某一块也会不安地躁动起来。

只是人类都这样,擅长用各种天花乱坠的借口来润饰自己看似恶劣的行径,直到自己良心的那一块也慢慢地被同化,直到这些冠冕堂皇的理由足以压榨掉所有的不安。

她活该的,也该尝尝这种被人欺负的感觉吧。

嗯,是这样的,没错,就是她活该。

快速地把钱包塞进了她的书包里,我离开教室,准备到操场和甄静会合。

一踏出教室门口，走了两步，就看到吴梓乔迎面走来。

我的心脏突然又加速地跳动了起来。

"你……"

她看着我，想要开口和我说话。

我收拢起自己的目光，直直地朝她反方向走去，故意撞开了她。

所有的一切都按照我们的剧本进行，没有一分一毫的差别。

我和甄静完美地互相配合，演绎出了预设的角色，而她也把"坏人"的角色发挥得淋漓尽致，正合我意。

看着她哭肿了双眼，缓缓地回到教室，身体被一阵强烈的快感穿透过去。我不禁好奇，她在训导老师面前究竟哭成什么样子。

无论是哪种样子，都是得不到人们的怜惜的。

毕竟是戴着罪的人。

于是，这就是她第二个大过。

我在想，她之前偷过那么多次东西，现在才得到应有的惩罚，她应该一直都觉得侥幸吧，所以才会更加肆无忌惮地去犯错。

而我们，不过是以其人之道还治其人之身罢了。

我还记得在那之后的某一天下课,吴梓乔等到身边的所有人都离开了,特地找我说话。

她一走上前,就咄咄逼人地问:"这些事情,是不是你做的?"

我无所谓地耸耸肩,不置可否。

"你这么做,有意思吗?"她紧抿着唇,像是恨得随时可以把嘴巴咬出血来。

"你有什么资格委屈?"我收起自己的笑容,直视着她,眼神中没有一丝怜悯,"难道你在做坏事的时候,就没有想过吗?"

她怔住,却一句话也说不出来。

我们就在巨大的沉默里无声地僵持着。

"你就是个贱小偷啊。"

"吴梓贼。"

"你活该的,不是吗?"

"你这个臭不要脸的。"

脑袋里充血的瞬间,让我觉得刺激又晕眩,我仿佛能听见那鬼魅般的迷人细吼——

弄死她。

04

你说，快乐会使人麻木，痛楚也会使人麻木，那恶意呢？恶意也会使人麻木吗？到了一定程度的厌恶之后，就能随心所欲地憎恨一个人到这种地步吗？

也是可以的吧。

不然那些做着坏事的人，又是怎么习惯所有的罪恶感呢？

"不然你可以问一下郁涵，她坐在吴梓乔的斜后方，应该可以看见吴梓乔作弊的。"甄静坦诚地对老师说。

老师转过头来看我，认真地注视着我的一举一动。

"郁涵，你看见了吗？"

郁涵——

你真的看见了吗——

仿佛是甜得过分的水果坦荡地暴露在空气之中，从空气播散出去的香甜味道，让来自四面八方的垂涎的虫子逐渐靠近，爬满了裸露的果肉，渐渐腐蚀了明晰的灵魂。

我知道吴梓乔在看我，终于我还是避开了她的目光。

——弄死她。

——她活该的。

"看见了。"

就像是一座用沙筑成的堡垒,在坍塌之前只需要轻轻一呼,就能瓦解成败瓦颓垣。

轻易地将一切夷为平地,寸草不生。

她终于要离开学校了。

在她走之前,我最后一次看见了她。

她手上捧着那些被同学们涂鸦过的书,看起来有些憔悴。

她也看见了我。

我抬眸凝视着她,然后自负地笑了,像是在高处俯瞰着她,一如既往地用骄傲的神情对她说:

"你看,我赢了。"

这次她没有闪躲开我的眼神,我忽然有点儿不懂了。

吴梓乔第一次向我投来阴暗又狠毒的目光,如同意味着——

"不,你没有赢,是我们都输了。"

◐

吴梓乔退学后的那一天。

每个同学进入教室的时候都被眼前的这抹光景震慑到了。

教室的公告栏上钉上了几十份一模一样的手写字书。

所有同学都围上去看,惊讶得说不出一句话来。

直到甘郁涵背着书包走进来,原来十分嘈杂的教室倏地寂静一片,大家沉默地看着她回到自己的座位上。

四周似乎散发着极度微妙和危险的气息。

如同一个巨大的黑暗洞穴,深不见底的恐惧使她高悬着一颗心。

甘郁涵放下书包,朝众人的目光扫过去,她认出那些手写字书的文字是吴梓乔的字迹,便二话不说地冲上前——

我是吴梓乔，或许吴梓贼才是你们比较熟悉的名字吧。

以下是我对这一连串事件的自白：我没有偷过东西，无论是前面几次还是被你们抓住的那一次，我都没有做过。

我想大家都知道，在发生这件事之前，我和郁涵是好朋友，也是因为我们走得比较亲近，所以我知道了她的秘密，也看到了她暗地里偷班里同学的钱。因此在那之后，我成了她的眼中钉。之后这一连串的事件，她把你们的视线全都转移到我的身上，我顺理成章地成了大家霸凌的对象。一切都在她的计算之中，我甚至没见过甄静的钱包长什么样子，更没偷看前面同学的考卷。

如今我退学了，已经无所畏惧。恭喜你们，依然还是与一个臭不要脸的小偷一起上课。也恭喜你们，迟早有一天会得到你们口中所谓的报应。

一个充斥着硫黄蒸气的幽密场域，周遭是升腾的热气膨胀起的不安，然后炸裂出无数条流动的血丝，四面八方地延伸过去。

她伸手粗暴地把一张张A4大小的手写字书撕下来，发了狂一样，直到几十份纸张碎成一地的纸屑，直到人们再也无法从中辨认出完整的一句话来，直到她感到双手指尖传来刺痛的触觉。

周遭那些消了音的议论声终于恢复了温度，重新传进了她的耳朵。

胸腔剧烈地起伏过后，她的呼吸渐渐恢复平静。

然后甘郁涵脸色煞白地走回自己的位置，整理自己抽屉里的书本。

也只是一瞬间的事。

从她的书本里掉出一个贴满贴纸的可爱信封，她甚至还记得，当时甄静贴着贴纸时的神情。甄静跟她说，她要用这两千块钱买礼物送给她妈妈。

甄静走近，蹲下来拾起信封，打开一看，是完完整整的两千块。

"甘郁涵，所以真的是你？"

熟悉的声音冻结成薄冰。

甘郁涵僵硬地抬起头来环顾四周。

所有人都不约而同地转头，用带着恶意的眼神瞪向她。

她认得那样的眼神。

那种曾经落在吴梓乔身上犀利又厌恶的眼神。

她终于明白,这一刻,她不过是待屠的猎物。

终于,我们谁都没有办法逃离这莫比乌斯环。

——纪念那些难以忘怀的伤痕

喜欢是心动的累积

——————•——————

有些念想始终像是一只沉睡的兽,等待着谁的轻声唤醒,一旦从休眠中醒来,就无法再轻易地消退。

01

特别的遇见总是来得毫无征兆。

世界每天都在上演着悲欢离合的迥异戏码，我们都被命运的骰子摆弄着，流转出所有千变万化的相遇和失去，最终也仍是错落有致地走在了一起。如同所有的生死有命，又似日月盈昃的注定。其实后来我一直在想，也许人间的所有抬眼或错身都早已有了谱，否则那么多独特又别致的灵魂里面，我又怎么会唯独为你驻足。

你相信吗，有些人是生命中的意料之中，却也是宇宙洪荒里的猝不及防。

我好像一直都忘了说。

你撞进了我的世界，并就此落地生根。

02

很多很多个这样的午后。

日光猛烈地照在光滑的操场上，燃烧了大学校园里面来来回回的每个身影。云块被撩拂的风吹得不成形状，有几只鸟儿结伴飞过，掀动了在风中婆娑而舞的树影。宽大的校园里藏着一张张写满青春张扬的面孔，各自承载着自己的故事和人生，像极了万千簇盛开的群花，各自有各自的前途似锦，无论哪一朵都足够炽然和馨香。

我的故事呢？其实就在这些毫不起眼的平凡角落里展开，和谁都一样，却也和谁都不同。

上了大学之后，我仍然习惯午餐是带着自己的便当，就在这样的午后里，我拥有着自己的时光，并未预想过任何关于你的事情。

午休快要结束的时候，我在靠近操场的露天洗手台洗着便当盒和餐具。

天边的云静悄悄地簇拥成一群，如同涨潮时逐渐染湿的沙滩般凝滞在一起。

忽然有水珠一滴一滴分明地掉落下来,起初以为是水龙头处溅开来的水花。当水滴越来越大颗的时候,我抬头看着那一瞬变化的天空,才意识到是下雨了。

我开始手忙脚乱起来,赶紧把便当盒里多余的水沥干,手执着餐具,转身想要找最近的屋檐避雨。刚走了两步,筷子掉了一根。

我叹了口气,狼狈地蹲下来捡起筷子,然后刚站起来,汤匙又很不听话地掉到地上。

雨水开始沾湿我的刘海和包包,我被一阵水汽包围着,心情不能更糟了。

于是我又蹲了下来,伸手捡起汤匙。

耳边不断有从远方跑来、经过、远去的脚步声。

我能从湿漉漉的眼角余光里看见大伙儿从我身边慌忙跑走的身影,每个人都在紧急地找自己的避雨处,任谁也难以停留在原地,不像我。

就在我捡起汤匙之际。

瞥见一双球鞋伫立在我的眼前,头顶肆虐飘洒的雨水突然收敛了起来,没有了风吹草动,没有了闹杂声响,也没有了树香沁鼻。

有人撑着伞站在我的面前,挡住了我的视线。

那个人站在了逆光的方向,我抬起头呆呆地望着他,眼睛却被刚才淋淋漓漓的雨水淹住,涩得睁不开来。透过一层水汽浮现的光景,竟是如此虚幻不真实。

我恍了一下神。

就在这么短短一下,那些被贮藏在时光宝盒里的所有记忆如潮水般滚滚袭来,我毫无防备地被淹没在迷渺的幻象里,难以清醒过来。

有些念想始终像是一只沉睡的兽,等待着谁的轻声唤醒,一旦从休眠中醒来,就无法再轻易地消退。当模糊的记忆逐渐显影成形,那个久远年代里的身影仿佛就这样子踏着时光穿越而来,走到自己面前。

好像是他。

好像真的是他。

"简一帆,你这样会吓到人家啦!"有谁在喊着他的名字。

然后我的耳边传来像是远方响起的钟声,温敦却邈远,一步步地从远处纷至沓来,只要一瞬,就能唤醒那些曾经虚渺的梦境——

"没关系，我认识她。"

03

我该怎么回想起你。

记忆中的所有轮廓都自带着柔焦的效果，像是每个场景都加了一层白纱，任何一个琐碎的动作，都能拉扯出一些微小的细缕，在心田上踏出深深浅浅的脚印。

如诗一般。

铃铃铃——

下课的钟声在老师兢兢业业的讲课中猝然响起，打破了教室里沉闷的气氛。同学们像是被当头敲醒了一样，轻易就驱散了所有困意和不经意的酣睡。

初中时的我们是这样的，一听见铃声就纷纷去找自己的好朋友，享受着在学校里仅有的那些欢快的时间。于是教室和走廊都变得喧闹起来，却不构成噪音，就连吵闹都掺杂着些许美好和温蔼的成分，是学生时期最好的背景音乐。

我从书本上抬起头，揉了一下眼睛。朋友扯了一下我的校服，让我陪她去洗手间。

走出教室，走廊上的同学三五成群，我们越过了隔壁班的门口，朝着女洗手间走去。

经过第三间教室的时候，我看见一个比同年级的同学高大的身影站在某一班的门口，正在替老师拿着作业本。

我的心脏忽然猛烈地晃动了一下。

跟他错身而过时，我的目光就再也无法从他身上移开，双脚几乎忘记了原有的步伐，像是被掏空灵魂般被同学拉着往前走，却一直回过头来看着那个人。

他挺拔的身影在人群中显得夺目秀骨，却也缥缈，我像是离他很近，却也隔着人群之遥。就像是、就像是我们能够看得见光，却无法实际触碰到光一样。

那人似乎感应到炙热的目光附着在自己的身上。

于是他转身，炯炯双目终于找到了我，随即望进了彼此的眼里。

一瞬顾盼流光，忘了言语。

和你对视的一瞬间，我仿佛见到宇宙众星，浩瀚而伟大。

不过是淡淡地望了一眼，却也能牵动起浅水浮花。心底一片狂乱暗潮。

有些记忆会随着时间慢慢变得模糊，可是有些记忆却会越发鲜明，像是被挑选出来的相片，镶在最显眼的位置，随时随地可以拿出来回顾一样。有些美好要一直一直记得，不能忘记，那些关于你的所有记忆。

就在目光重叠的一刻，我知道，他也没有忘记我。

04

第二次了。

第二次的重逢。

我发了怔一样抬起头望着他。

在他的雨伞之外，是另一个世界的雨在淅淅沥沥地落，恍如此时与我们都无关。

眼前有稠密的水汽，我仍然看不清他，像是这么多年来我从来没有看清他一样。他于我而言是踏着时光而来的旅人，却也是偷走时光的离人。

"你——不起来吗？"

简一帆微微倾身，带着浅笑向我询问。

我的思绪倏地被扯回了现实，伸手揉揉眼睛，捡起汤匙，收拾好自己的便当袋子，然后站了起来。

眼前的一切从模糊渐渐地聚焦，他的脸孔慢慢地变得明晰起来，和脑海记忆中的他相互交叠在一起，我竟看得恍了神。

短短的刘海、如炬的目光、柔和的笑容、低微的声线、清新的味道、干净的白T恤球鞋、直挺的身形，和我深藏在心底深处的少年一样，纯净而美好。仅仅是只身伫立，与光同尘之余，却也不失利落的锋芒。

时隔多年见到他，他依然是个帅气的人，和想象中没有一点儿差别。

后来无数次想起这两次的重逢，他当时的模样如深刻烙印般再也不曾褪去，任霜染红叶、任落花成冢，也依旧如昔。

或许并不能称得上什么翩翩俊美。

不过就是因为一点儿欢喜，才让眼前的人比万物都要特别和耀眼。

这种喜欢与他人无关，是专属于自己的独家秘密。

有时候我在想,这些意料之外的重逢,会不会早已铺陈了伏线。那些我无法预计的,或是我曾经计划过的,若是少了任何一个情节,都成就不了这个时刻的自己。还有那之后的你和我,我们。

命运管这种天气叫作晴天雨。

在最春和景明的时刻给你一场雨,在雨最大的时候给你一把伞,在你无法预测的路口让人们相互离别,又在车水马龙的纷扰世界中意外重逢。一切都措手不及。也正因为毫无防备,才能碰撞出更多迷人的故事。

晴天雨,你看,多么美好的一个名字。就连与你重逢的时候,都受到了上天的眷顾。

"在想什么呢?"简一帆伸手轻轻地在我脑瓜上敲了一下,笑眼弯弯地望着我。

一点儿都不疼,如同一下轻盈的撩动。

我羞窘地眨眨眼睛,移开了视线。

"谢、谢谢。"

开口的瞬间,我才发现我的声音紧张得发哑。

他示意我们向教学楼走去,然后温和地回应:"不谢。"

接着是短短数十步的距离。

几分钟内,我们安静地并肩走着,没有说话。

雨声忽然在耳边被放得很大很大,大到掩盖了世界上的所有声响,唯独左边心脏的跳动声铿锵有力,从不对我的喜欢说谎。

就在我不知道该说什么的时候。

本来绑着高马尾的我,橡皮圈忽然一松,湿答答的头发一泻而落。

"啊——"

内心是崩溃的,在喜欢的人面前这也太衰了吧!

于是我迅速地朝他瞥了一眼,却看到他眼中的笑意比刚刚浓了几分,嘴巴上扬成一个好看的弧度,黠慧的眼神里有些俏皮的意味,手中拿着我掉落的橡皮圈。

我好像忽然明白了怎么回事。

他爽朗的声音响起——

"只有我可以欺负你呀。"

05

许多情感是这样子的。

总是搞不清楚它起初的意图,也许不过是源于一些无以名之的在意,一些当时谁也察觉不到的动作或目光,几经时光堆叠,才能拼凑出情感真正的模样。

二〇〇六年夏天,我八岁,一个不爱念书的年纪,因为补习班的英文考试测验没过而需要多读一年。拿到成绩单的那一刻,我站在补习班教室里,哭着鼻子,脸上还带着泪花,外头家人正在等着接我回家。高高的天花板衬托着白花花的灯,那个时候的天空,小得好像这就是生活的全部。所有的场景、老师的脸孔、同学的样貌都已经被岁月褪洗得模糊不清。我好像是回头了,还是停住了,都记不得了,他穿着什么衣裳,又是如何与我擦肩,通通都记不得了,唯独有些话语似乎能够烙印在时光里面。他说:"哟,不及格啊?嘿嘿,我也是。"

二〇〇六年夏天,他十岁,是我讨厌的人。

很不巧的是,在补习班上课抽到坐在他旁边的位置。这个人总是捉弄我。有时候,我走在补习班的走廊,他会飞快地从后方跑过，然后重重地撞我，我转过来瞪他，他老是笑着说："谁叫你笨啊！"有时候他会把我的东西弄不见，却趾高气扬地不说一句对不起。有时候他会拿走我的铅笔、课本、笔袋，然后放到高处藏起来。带头叫我"矮冬瓜"的他，会带着调皮的神情低头看我，却也会在我被气哭的时候，手足无措地安慰起我来。还有更多的时候，他会拨乱我的头发，说我短头发不像一个女孩儿。我会气得跺脚，然后在教室里委屈地对他说："我讨厌你。"他当时恍然的神情被日光虚化得不成形，我们对视着，镜头就一直定格在那里。

那时候的我们都不知道。

小时候是这样的，讨厌其实就是喜欢的意思。

二○○六年夏天。那些跟着他喊我"矮冬瓜"的高年级男生，都随着他一同来欺负我，他见到我被他们围住，就挤进来挡在我的前面，这让他的朋友觉得很讶异。那是我第一次见到他如此严肃，好像在宣告什么似的，说："只有我可以欺负她，你们都不行。"那一瞬间他明亮又帅气的样子，好久好久我都忘不了。

明明是让我讨厌的人，怎么现在就讨厌不起来了呢。

二○○六年夏天。有一次他没有来上课，我好像第一次知道了什么是空落落的感觉。看着老师在讲课，看着同学们一如既往的模样，明明跟平常一点儿差别都没有，为什么只有我觉得时间好像不再生动。

二〇〇六年夏天。有一次我跟他意外地被同学锁在刚好没有人上课的灰暗教室中。窗户玻璃透着微微的光线，我跟他缩在墙角靠在一起，那是我第一次跟他面对面那么近地看着彼此。空气安静了下来，只剩下彼此呼吸的声音，我们就这样静静地看着对方好久好久。这让我想到了之前看过的一句话——生命中总有些错过的瞬间，在回忆里却成了永远。

二〇〇六年夏天。每次一到下课时间，就会上演你追我跑的戏码。喜欢与他跑到另一个很大的空教室里开始追逐，比谁跑得快。一样在没有开灯的灰暗教室里，门外透出的光照亮了我们，仿佛全世界就只剩我们一样。我看见他那若隐若现的笑容，心里竟想，如果时间能永远停留在这一刻该有多好。那时我们的距离只是在桌椅间追逐，而后来的我们就像在平行时空一样，没想到这一追就是十几年过去，而我始终停留在没有追上他的那一天。

二〇〇六年夏天，在记忆里仿佛成了永远。

我知道都是幼稚，都是懵懂，所有的感觉都给不出一个确实的界线。我们甚至不知道世界是什么样子，更惶恐说这是喜欢、这是爱情。我想不能,只是一些念想,一些铁定了会绣进韶华里的印记。

二〇〇八年,他上了初中,我依然被留在原地,没有再见面。终于,那一年的夏天变成了回忆,我开始学会了怀念。

06

"只有我可以欺负你呀。"

他说出这话的时候,跟记忆里那个稚嫩的他,那个凝重又认真的他,像是两个投影缓缓地重叠在一起。

——"只有我可以欺负她,你们都不行。"

有一瞬间,我觉得这个在人群里面帮我抵挡着世间锋利的男孩儿,没有丝毫的改变,一如既往地温暖而明亮。

历久弥新。

好像岁月从来没走。

简一帆笑笑地说,见我不说话,又突然有点儿不知所措。他从口袋翻出了卫生纸,递到我的面前,我静悄悄地接过,还是说不出话来。

"好啦,不欺负你了。"

"你怎么跟以前一模一样啊。"

然后把绑头发的橡皮圈摊在手心。

原来不止我一个人心心念念着以前。

明明只是一些轻盈的话,于我而言却重若千钧。

我接过橡皮圈时,手指不经意地滑过他的手心,是大雨里一点儿炽热的温度,他微微怔了一下。

我好不容易才挤出两个字:"谢谢。"

好多他听不见的心事啊。

比如,谢谢这么多年你占据了我的青春。谢谢二〇〇六年的夏天我能幸运地遇上你。谢谢这么多年你成了我的温暖和动力。谢谢你出现,谢谢你,谢谢。

再遇见你。

谢谢你让我如愿以偿。

我以前听说过,人与人之间的缘分其实早就注定了。有些人一直在一起,最后却也会轻易地走散。有些人即使相隔迢迢,也终究会再见面。我不知道我们是缘分里面的哪一种,但无论是哪一种,我都感激相遇,感激是你接住了我所有的欢喜。

"谢谢。"我重复了一遍。
"雨伞借给你吧。"
他收好了雨伞,又递到我的面前。
我不敢抬头看他,只是低着头说:"不、不用了。"
他停顿了一秒,我没有看他的表情,他是微笑还是皱眉,我不知道。接着短暂的沉默里充满了尴尬,他又马上接起了话:"哦。那——我去那边上课了。"
"嗯,好。"
"再见啰。"
"再见。"

等他高挑的身影慢慢地从我面前挪开,我才敢抬眸凝视他的背影。

几分钟里的遇见,如同在清澈的水里滴落进浓墨般,渐渐地泛散开来,越发深沉的心事大张旗鼓地肆虐。我想起关于他的所有记忆,犹如流萤染夏,绚烂的星火从此没世不忘。

他的背影。

缓缓从我的视线中由大变小，一步一步走出我的青春，且不回头。

07

直到初中时走廊的再遇，他已经初三了。

在那短短一年的时间里面，我们隔了两个年级，并不能很常见面。他有自己的生活和学业，我也没有去找他的借口，唯有在那些学校里的碎片时光中，故意经过他的教室，特地制造一些偶遇。

也许在那个匮乏的年纪里，见一次面就足够支撑很久很久的苦闷。一点点的甜，就足够使我对世界充满希望。

所谓欢喜，其实就是美好的盼望。

在还流行手写信的时代里。

我只给他写过一封信，其实也算是另类形式的毕业纪念册，就在他初三快毕业的时候，假装去给与他同班的学姐送纪念册，"顺便"把信给了他。

"简一帆——"

我怯怯地站在他的教室门口，请学姐帮我喊他。

他正在教室的角落里和同学们拿着篮球打闹，听到自己的名字，转身就看见了我，明晰的眼眸映入我眼帘。然后他笑了，露出了喜悦又柔和的表情。

于是他放下了手中的篮球，身边的男同学起哄，带着暧昧的眼神揶揄着。他挥挥手示意他们别闹，可是旁边的男生哪会听他的话，反而更加热烈地掺和着。我站在门口尴尬得想要找一个地方躲起来。

看见他慢慢地朝我走来，身后欢闹的声音越来越大，他又转身叫他们"别吵"。

然后走近了。

"抱歉，他们一直在乱说话。"

他在我面前停下来，声音低微，仅有我一个人能听见。带着歉意的声音听起来更加温柔了一些。

我默默地摇摇头。

"你……找我什么事吗？"

他低头看我，一如当初的少年模样。

"啊，想要给你这个。"

我又默默地把一张折成了小正方形的纸递给他。

没等他打开纸条来看，我又马上紧张地说："那、那我先走了，拜拜！"

然后瞬间匆忙地溜走了。

阿帆：

  很开心能够在初中再次遇见你，也很开心你没有忘记我。之后你就要毕业了，希望我们可以成为好朋友！附上一张可爱的毕业纪念册～

  生日：
  兴趣：
  嗜好：
  愿望：
  最喜欢：
  最不喜欢：

  他毕业的那天，我生病发高烧，没能去学校。我竟没和他好好地道别。我在无声无息之间失去了他，与他渐行渐远。

  其实就像是寄出一张没有地址的明信片或是送出一个虚渺的漂流瓶。我把那些心心念念揉进纸墨里，那封信，他没拆开，就倾泻不出情意。

  后来他初中毕业了，我等不到他的回信，等来的是音信全无。

那时我明白，有些故事，也许早就失去结局。

从未想要拥有你，毕竟耀眼的东西要怎么触及。

旅人带不走一片海，春光和星辰不能永载，我只能一遍遍在眼底将你摹绘，不为万物所及，搁置在时光夹层的秘密里，偷偷地挂念你。

08

之后的我，对于时间一点儿概念都没有。

仿佛已经目睹过绝美的灿烂，于是心心念念地想要一直停留在那里，一直看着那天边盛开的绚烂烟火，从不愿见它陨落。

杳无音信的他。

后来我总是沿着他走过的路，想要找寻关于他的足迹。

我想过好多好多我们再次相遇时会是什么场景，那时的他和那时的我是什么模样，依然会在茫茫人海中认出彼此吗？依然会记得从前的点滴吗？依然会如同初见般美好而纯粹吗？抑或是，从此以后天南海北，各自安好。

我想过很多。每次新年的时候，我总会站在窗边望着窗外的烟火想：后来的你呢，还好吗？又过一年了，新年快乐！希望明年的你也能开开心心，一切安好。

看着天空，我想：即使彼此在不同城市见不到面，至少我们还是生活在同一片天空下的，对吧。以此来安慰自己。

在喜欢他的时候，我总是闪闪发亮。

有那么一刻我觉得，是他身上的光照在我的身上。

后来才发现，喜欢他终究成了我所有的日常。

生活的绝大部分都是由对他的欢喜组成的。

很多很多年没有他的日子，我仍然时常梦见他。

每当我从有他的梦境里醒来时，都会慌张地找最近的纸笔，把那些绵绵不断的梦记录下来。我已经失去了有他的生活，不能再丢失那些关于他的梦。

这些成了我生活中的小确幸。

我想，上帝对我是和善的，所以依然能够透过梦境，收到来自他的温暖。

有没有这样一个人。

他好像从此就消失在你的生命里，可是每当想起他时，就能获得满满的能量；每当想起他时，连眼神都可以变得柔和。就像是他隔空抚平了你生活中的所有皱褶。

我总是没由来地想起他的背影。

初中有一次，在下课后很久的黄昏时刻，学校里的人都走得七七八八，我看见他帮老师完成了些事情，从办公室走出来。

我站在走廊的末端，很暗很暗，阴影的交汇处，他并没有看见我。

阿帆挺拔的身影礼貌地跟老师道别，然后朝着走廊的另一端走去。

也许是因为临近夜幕，他的身影柔柔地融进了悄无声息的浓暮之中，像是寒冬时候玻璃窗渐起的氤氲雾霭般，逐渐幻化成影子，融进了我记忆很深很深的地方。

我曾经想要喊住他。

想要他的脚步在熙攘的人群中为我停留。

只是当时霞光未落，我仍觉得我有无数次机会可以喊住他，我会有无数次与他相遇的机会，我会在数不清的树影未散里，见到他。

后来我在想，如果当时可以说出口，也许很多事就不会只停在这里。

有一天我听到了一首歌，那首歌的简介里是这样写的——

人的际遇很像是宇宙。

有些人可能经过你的生命一瞬,就再也不会回头了。

(Hush《天文特征》)

09

他的背影。

缓缓从我的视线中由大变小,一步一步走出了我的青春,且不回头。

像极了那个多年前淹没在浓暮之中的一抹绰约背影,那一抹我在岁月之中不断回顾着又眷恋着的身影。

"有些人可能经过你的生命一瞬,就再也不会回头了。"

"就再也不会回头了。"

那个夏天,那个永远回不去的夏天。

世界兜兜转转,每天千万种相遇和错过,数不清从自己身旁路过的人们,也计划不了那么多出其不意的遇见。

人的际遇像是宇宙。

一个星体的掠过,就要再经过数千光年的距离。

我们什么都能拥有,也什么都能丢失。

不过是一瞬间的事。

"简一帆——"

在他快要消失在转角的时候,我大声地呼喊着他的名字。

没等他回过头来,我就朝他跑了过去。

他转过身来,带着深邃又难以言喻的眼神看向我。

然后也开始向我走来。

当我看见他向我走来的刹那,仿佛荒滩的孤岛有了一抹生机。

我气呼呼地快步走到他的面前,停下来,喘了几口气。

他在等我说话。

我深呼吸了一下,鼓起勇气与他对视,缓慢地说:"你、你的雨伞能借我吗?"

我眨着眼睛,屏住呼吸等他的回应。

他细心地听完我说话,愣了一下,忽然展开一抹灿烂又深邃的笑容。

"好。"

简单的一个字,却在我心上掷地有声。

我接过了他递来的雨伞,开心得像个收到礼物的孩子。明目张胆的快乐。

他静静地凝视着我,眼里的笑意比刚才更深了一些。

倏地,他从口袋里拿出自己的钱包,在钱包的隔层里取出一张折得破破旧旧的小正方形纸。

"这——"我瞪大眼睛看着他,惊愕到说不出话来。

"给。"他把"可爱的毕业纪念册"归还给我,神情温柔而深刻,"物归原主。"

我颤抖的手小心翼翼地打开这张封尘许久的念想。

他说他毕业那天想要拿给我,可是我没去上课,他说他以为我们再也不会见面了。

"我喜欢下雨天。"

"我喜欢喝可乐。"

"我喜欢打篮球。"

"最喜欢猫和狗。"

还有,

我喜欢你。

——将此献给翔贞·纪念还在延续的故事

历经千百的花开花落

我们的一生都在徘徊,我们的一生都在寻找。

所谓的意义和理由,或是一个我们从来想象不到的答案。

01

我们的生命,即使风雨交加,也未曾停止生长。

02

"你今天过得还好吗?"

手机里传来妈妈温暖的声音。隔着长途电话传来的问候,听起来缥缈遥远,带着一点儿电波的沙哑,努力从世界另一头传递一点儿关心给我。

入夜后的悉尼温差有点儿大,我提着笨重的行李接到妈妈的电话,伫立在灯火满城的闹市一角,在没有人注意到的萧疏角落,将城市的人声鼎沸隔绝于千里之外,声色犬马都与我无关。我离世界很近,也如同我离世界很远。

从一座城市到另一座城市,从一个国家到另一个国家,从过去到现在,又从现在到未来,从天晴到雨夜,从无到有,从生到死,从拥有到失去,这些似乎都是一次漫长又扑朔的过程,一些谁也无法躲避的过程。

"喂——"

耳边妈妈温软的声音不曾远离。

"还好吗?"

"好。"

身体缓缓顺着街角的冷墙滑落下去,我毅然蹲下,牢牢抱住自己,紧握着手机,喉咙火辣辣的,好不容易用光了身体的所有力气挤出一个字。

手用力地捂住了嘴巴,泪水久久不绝地落下,沿着脸颊,渗漏出指缝。

不被世间任何人察觉。

"没事。"

我掩盖着话筒,做着大大的深呼吸,胸腔剧烈地起伏颤抖,最后把所有委屈汇聚成两个字。

摸了摸口袋,钱包被偷了之后,身上仅余的一些现金,够不够我抵达更远的地方呢。

明天是什么样子,仍然无法再花更多的心思去想象,如同蒙上白纱去瞥见的世界,模糊又不切实际,永远只能徒劳地预估着,永远抵达着新鲜和未知。

没事。

没事呢。

天边落了一些小雨。

像是所有电视剧里头出色的巧合一般,存在着互相吸引的法则,会在最狼狈的时候碰见最不想见到的人,会在最凄惨的时候遇上一场大雨,会在毫无防备的时候受到最沉重的打击。一切都宛若天神对你的一次嘲笑,你措手不及,也束手无策。

我们的生命。

像是站在身下九万英尺①的钢索上,往前走和往回走都一样惊险。

很多年前读过尼采的一句话:"其实人和树是一样的,它越是向往高处温暖而光明的阳光,它的根就越要伸向黑暗而潮湿的土地。"

那些风雨交加,是我们勇气的来源。

---

① 1英尺=0.3048米。

那些黑灯瞎火，是我们往高处生长的养分。

如果说，生命不过是一腔孤勇和仰望。

那么一如既往地往前走便是了。

03

把巨大的行李箱整理好，笨重地把它从地板的一侧扶起来。它的重量超出了我的预估。再加上身后背着的吉他，是我拥有的一切了。

凌晨三点，家里安静得没有一丝声响。我选在一个所有人都沉睡的时间走。

与其说是离开，倒不如说是所有故事的序章，路程的始站，书本的初页，歌曲的第一句，画作的第一笔。于是从这里开始，往后是苦雨抑或是艳阳，是残月还是一宿星尘，也许空手而归，也许苦尽甘来。只是这一刻，我要出走了，没有什么更大的原因。

从房门到大门也不过十来步的距离。

要一切都不出声响是需要花很大力气的，比以往的任何动作更来得小心翼翼，甚至连呼吸都变得轻盈，身体在短时间里处于高度紧绷的状态，不到两分钟，我拖着大大的行李箱，只前进了几步。

就连关节与关节间都在紧张地磨合着。

不出任何声响。

静悄悄地在漫长的时间里做足了充分的准备。

只是一切似乎失去了一个理由。

一个更有力的理由与意义。

走出家门的时候,已经汗流浃背。

凌晨三点的世界。街上少了喧闹的身影,少了一些烟火气。灯火通明的城市,喧嚣与静谧交织着的城市,缩成一团栖息盘桓的台北。

路灯均匀地晕出一地黄影,我拖着行李箱穿梭在这样孤寂的夜里,落了一地颀长的影子。

经过十几个小时的飞行之后,我昏昏沉沉地从飞机上走下来,狼狈地背着吉他,拖着行李箱,在人潮拥挤的机场里。

耳边传来父亲那暴怒如雷的声音:"你在哪儿——"

"我要去看看这个世界。"

"你这么做有什么意义呢?"

从前我是一个没有梦想的人。

今后也可能仍是个没有梦想的人。

我们的一生都在徘徊，我们的一生都在寻找。所谓的意义和理由，或是一个我们从来想象不到的答案，是什么呢？我们一生都在为之拼命的东西，到底是什么呢？

是为了什么而一直、一直往前走呢。

意义。

有什么意义啊。

04

在悉尼丢了钱包，流离失所的夜晚里，有雨水落进我清澈的双眸里。

我抱着吉他，写了一首这样的歌——

明天

搭上一辆车　听着第一百万首歌

无忧无虑的风就带我去银河

你想要说的　我会永远好好记得

不要忘记太阳沉没的时刻

你说　眼睛不像月亮清澈
说真话的时候有哭泣的颜色
我们　爱得再多都是忐忑
努力到了最后反而别无选择

你要的明天　永远都不会再来了
你说这就是你想要的快乐
你要的明天　永远都不会再有了
你说这就是你所谓的快乐

一定会对这个世界感到失望的。那时候我是这么想的。

这个世界有太多太多我不曾见过的样子，想象得出或是想象不出的场景，是海洋里融化的冰川雪块，是峡谷中一倾千里的飒飒疾风，是草原上奔腾涌起的半边浮云，是日月星辰，是天地人神，是我未曾遇见过的一千零一种绝色。

就在我丢失钱包的时候，在我遇见坏人不知所措的时候，在我处处碰壁觉得无路可走的时候，在为生活中的纷扰心绪而感到痛苦萎靡的时候，在四下无人无数个因为失眠而想要离开世界的时候，在灵魂开始腐朽的时候，在丢失自己的时候……太多太多了。

所以说,一定会有失望的瞬间,对吗?

这也代表着,我们曾经对于世界充满无止境的期望,对不对?

05

往更远的地方去。

坐上了北海道新干线,开往新函馆北斗的隼5号,穿越津轻海峡,总计823公里,四个小时漫游在山洞与森林间,如同一部悄然无声的风景幻灯片,在眼前一幕幕呼啸而过。

在北海道见过极致的雪景,在京都见过层层叠叠纷扬的樱花,在冲绳见过深邃无垠的大海,在镰仓见过明亮张狂的天空。一幕幕绚烂的景致被剪裁下来,绵绵密密地缝进了人生漫漫无边的传记里,汇成了心底一座无坚不摧的城。

无数座山川和湖泊,春来冬往,秋叶衰败,从此后会无期。

海的日子

轻轻地歌唱

我们写下的日子不一定有光

脑海中记不下的灿烂幻想

就带整座青春流浪

在世界飞扬

到不同的城市试着留恋难忘

曾经烟花火光都握在心上

不必再追逐着太阳

此刻的悠长

欲往我心中的海洋

站在夜半中央

这条路满是熠熠光芒

湛蓝的海浪

吹着的风都没有忧伤

天与海在那端遥望

是风和日丽的美好　在彼方

是为了什么而一直、一直往前走呢。

我花了十七年建构自己，十八岁幸福如梦，十九岁颓靡似醉，二十岁走向世界。皆大欢喜。从这里看出去，就是世界。或许也有另一个更好的解释——世界就是自己。

意义。
有什么意义啊。

我不断反复思考着父亲的提问，不像是学校里靠着公式就能解出答案的数学题，也不像是作文考卷里能够随意胡乱鬼扯的创作题。那些关于人生、生命、生存的习题，一旦认真去较劲，就总是难以说出一个令人满意的回答来。

像是在见过世界尽头的光景后，你总是无法形容出当初的宏伟壮烈。

就像是——
像是——
是——

抵住胸口的无语凝噎，慌乱之中的言不由衷，一些文字失效的瞬间，反复推敲过后依然没办法给出什么称得上道理的回答。

走这些路有什么意义？唱歌有什么意义？梦想有什么意义？快乐有什么意义？那悲伤呢？失落呢？焦灼不安呢？愉悦、兴奋、感动、喜欢、讨厌、嫉妒、紧张、痛苦、恐惧、疯狂、压抑、沉重，这些活在世间的万千感受有什么意义呢？天地你我之间的存在又有什么意义？

说不出来。

像失语症一样无能为力的颓唐。

人生或许有些事情真的找不到解答吧。

还是说或许最重要的，并不是所有问题的答案。

往更远的地方去。

去吧，去成为更好的自己。

你总有那么一次，需要为自己活着，而不为其他意义。

06

日记一篇。

去日本的时候，在吉祥寺的井之头公园当街头艺人，天气炎热，但是被树木笼罩却觉得阴凉。开唱之后，见过形形色色的人。有一群推着轮椅的疗养院大姐姐们，她们经过时称赞我的歌很好听。有一位日本老奶奶还特地停下来用日文对我说话，虽然听不太懂，但大概的意思是"在这里演奏歌曲是最棒的了，因为井之头公园有着自己的音乐守护神,而你的音乐很美妙,我很喜欢"。

在悉尼的时候,在自己定好的日子来到了环形码头,却好巧不巧发现当天有马拉松活动,交通管制,街道被封起来,但我还是找到靠海边的地方弹奏自己的歌。一开始有个家庭经过,小女孩儿投了钱让我开始有了信心。期间也获得很多鼓励,但最让我感动的是,有一位女子从头听到尾,在我收起乐器的时候,她一边鼓掌一边朝我走来,并且投钱跟我说了声"Nice song",真的很令人感动!在澳洲认识了各国的朋友。有一次和法国、西班牙、泰国、日本、韩国、巴西,也有中国台湾的朋友一起去吃饭,自从他们知道我会写歌之后,一直怂恿我表演。那时候我唱了自己的一首歌,法国男孩儿 Martin 惊讶地睁大双眼盯着我,跟我说:"你的声音太美了,真的好好听。"西班牙女孩儿 Alba 对我说:"你的歌很好听,我觉得你是个想做什么就一定做得到的女孩儿。"那时候第一次觉得我的音乐传到了世界,非常感动。

之后到了欧洲,从瑞典、丹麦,一路往南到德国、奥地利。到达奥地利时也去了维也纳,虽然没有带乐器,但在维也纳的百水公寓也唱了自己的歌,看了百水建筑。在欧洲圣诞假期披着雪大声唱歌。

还记得去欧洲的时候,我写了《拥抱一场》这首歌,然后在人来人往的广场演唱着。这是一首关于拥抱的歌,就在我唱完的当下,有个女生走了上来,拥抱了我,她的眼泪滴落在我的肩膀,轻轻地,却渗进更深的地方。

> 怕忧伤　怕遗忘　停滞在时间的长廊
> 迷失于幽蓝的汪洋
> 寻找那仅存一丝丝的光亮
> 不够相信成了最大的路障
> 不勇敢就无法乘风破浪
> 抬头仰望　重拾动力向前出航
> 一切都封藏　在我的心房
> 所有美好时光　成了造避风港的力量
> 大声高唱　闪耀的愿望
> 把幸福酿成缤纷灿烂盈满爱的糖
> 不要害怕
> 孤寂全都化作雪霜　迎来明日绽阳
> 尽情笑一笑　我们来深深地拥抱一场

人们来来去去,我第一次感到生命并非来日方长。我庆幸自己走往未知的世界,寻找着或许并不存在的答案。我抓不住意义,抓不住任何岁月的痕迹,但我能从这里往前走,走到想要去的地方,走到地老天荒。

并没有想以后要怎样怎样，要么就是现在，要么就是不再。其实很简单的，无论爱情、亲情还是友情，想到就去做吧、想念就打给他吧、喜欢就说出口吧、难过就掉眼泪吧，就像下了雨就要撑伞一样自然而然地做出身体反应，好好付诸行动去实现心里所想。要知道很多事过了就真的过了，就像你再也看不见现在抬起头看见的那片云，就像你不可能再摘下同一朵花。逾时便不候，错过就是一辈子。

什么都需要意义吗？

只要你喜欢，就是一切的意义啊。

07

其实不一定要有什么意义吧。

突然想要到遥远的地方吃好吃的芋圆；今天没有走平常的路线回家，多绕了一圈，多花了一点儿时间，多走了一些路；去旅行的时候，突然哪儿都不想去，在酒店待了整整一天；醒来时想喝杯冰拿铁，穿着睡衣带着钱包就出门去买；突然想要唱歌，自己一个人去 KTV 唱了四个小时，心满意足；躺在床上睡了一天，吹着冷气真舒服；反反复复把一部剧看了七次，也还是会在同一个情节流眼泪；疯狂听一首喜欢的歌直到听腻；穿越千里，看一场喜欢的乐团的演唱会；在山谷中放肆地大喊大叫，直到累得不能说话；深夜睡不着的时候骑着脚踏车出去，感到前所未有地自由自在；今天喝的奶茶里不想加糖；莫名其妙地躲在被窝里大哭一场，谁也找不到；考完试后想烧掉那些曾经让我焦头烂额的课本；丢掉从前很喜欢的玩具；买一件自己毫不需要的物品；大庭广众下听着音乐，身体轻轻地摆动着；用手机对着月亮拍照，却拍到一团糊糊的白光；对陌生人说起自己最深最深的心事；结束一段你曾经很珍惜的关系；爱上一个遥远的人；不可自拔地讨厌着自己；有着许多不可言喻的悲伤。

也不一定要有意义吧。

毕竟生命并不是命题写作，并不需要必问必答。

睁开眼闭上眼，喜乐以及悲愁，白天与黑夜，你和我，原本都是天南地北的事物，所以也只是人类把它们连在一起才赋予它们新的意义。

但我没有那么多的时间了，短短的一生里，我只管做想做的事，来不及去思考这些隆重又严肃的话题，也来不及去明白这世间的种种道理。面对喜欢的事物时，我只管用尽全力去喜欢；面对路迢途远时，我只管拼命地往更远的地方去；面对天地万物时，我只管热烈地去感受欢愉或惆怅。

入春了,终于携着暖海一同到来,如想象中温暖,如梦境中柔软,像拥抱的味道。永远幸福的感觉深刻入心骨,就像星星碎浪的笑颜难掩。

只管真切地活着。

二十岁这年像是在夜半散步,我走得很慢,不过走得很好。我还是喜欢足够冷的天,能穿够厚的毛衣。就像适当的季节能让人拥抱,当完美与快乐真的来到,舍弃所有行程,让意义自己建构意义,我终于能用自己的眼睛看这个辽阔的世界。

月亮有自己的情怀,也有躲避不了的盈亏,我不会为我成为一颗销声匿迹的星辰而觉得抱歉,最渺茫的星辰也会拥有自己的星轨,不一定要借及月亮的光,即使暗淡,也极其伟大。

前阵子认识到一种植物,叫作空气草。

又名空气凤梨。不需要水培、不需要土栽,悬挂在空中就能自由生长,顾名思义,光是"吃"空气就能长大。

如果我们的生命也简单得像空气草就好了。

就想说,其实也没什么特别的意义呢。

像是我写了一百首歌给自己。

其实也没什么特别的意义呢。

心的日子

好比　在半夜散步
没有伤心的行程
我在流浅光之堤
这里是最美好完整的我　看明亮的未来

我在春天游泳　夏天下雪　所有爱人都不觉得冷
慢速公路就建在海中央　每颗心都像一座港
我们大声高唱幸福的歌
一边深深拥抱一边狂欢起舞

我们　许愿永远幸福
自由自在用心地活
走的日子都藏在诗里
拥抱　那些哭泣的歌
让他成为美丽的眷恋
眼里看见的都是烟花火光

08

想去冰岛遇见极光。

想亲眼目睹宇宙洪荒。

想爱上一个射手座的人。

想在巴黎的街头热烈亲吻。

想吃一碗没有香菜的酸辣粉。

想喝一杯半糖少冰的珍珠奶茶。

想去世界的尽头看看是什么样子。

想和已经离我而去的人好好地告别。

想当一次飞蛾去享受奋不顾身的感觉。

想养一只猫,没事的时候揉揉它的脑袋。

想写一本关于自己的书,让岁月有所回顾。

想疯狂喜欢一个偶像,让他成为我生活的光。

结束了一段旅程,手拎着左一袋右一袋,身体累得没有半点儿力气前进了,一躺上床就能够睡着的那种,然后收到朋友的讯息。

——回来了吗?

——嗯啊。

——还去吗?

——会吧。

——去哪儿呢?

——去哪儿都可以啊。

五月如期到来,和初夏一起。

有远方暗起的点点星光,有连夜发起的碎碎闷雨,有日光细洒的暖暖斜阳,有月光浅照,有微风轻拂,有热望,也有企盼。你以为春天萌新芽,实是初夏起盼花。我还想要热爱万物,不如就此别过遗憾,不愿再去执着失去,然后继续边走边爱。

一切似乎刚刚好,就等你来。

我还有大把时光,我依然不明白世间道理,我只想成为我自己。

我相信,总有一天,会生出美好之歌。

——将此献给 BC·纪念所有年少的流浪

辑二

想念年少

离别后缅怀

青春的样子,是与你结伴的所有年日。我们都要和过去告别。
但是我很感谢,能带着这些时光走向未来。

01

嘿,亲爱的:

你过得好吗?你还记得最后我和你说的话吗?

你说青春是什么模样?

是校门前一起迟到罚站的时光,还是公园艳阳下对于未来的幻想?

是失恋时予以对方的温暖胸膛,还是午后撒谎逃课看电影的插曲?

青春的样子,是与你结伴的所有年日。

未来那么远,也许那个时候的我们都不怕告别吧。

后来我一直都在想,告别这件事我们为什么没能更早地发现,更早地好好告别。也许当时我们都不太懂得,告别的意味不单纯是结束，而更多的是开始，一段旅程新的开始。

过去的我们，憧憬现在的我们。
现在的我们，想着未来的我们。
未来的我们，怀念过去的我们。

或许最珍贵的从来不是绚烂如花的回忆，而是与你结伴的点滴。是你赋予了我青春的意义，庆幸是你，陪我走过这一段难忘。温润了时光，也磨砺了岁月。

我们都要和过去告别了呢。但是我很感谢，能带着这些时光走向未来。

青春有你甚好。

02

七点五十三分。

少樘在地铁上焦灼地看着这一站的门缓缓地关上，车厢里挤得不像话，她好不容易带着那沉重的书包翻了个身，黑色皮鞋忍不住在地板上紧张地打着拍子——

哎呀，怎么办，迟到了！

地铁飞快地进入了隧道，玻璃窗外的风景被扑面而来的黑暗取而代之。赶时间的时候，最令人焦虑的不是那段你能够用跑来减少时间的路程，而是这段在交通工具里头被固定好的行车时间。她又看了看表，两分钟过去了。

约好四十五分见面的，她想，搞不好对方已经不等她了呢。

五十六分，地铁进站后速度缓慢下来。她把自己的身体缩到最小，从那些高大的"大人"底下匍匐而行。车厢还未停定之前，她就挪到车门前面。

五十七分，车门一开，她以运动员的姿态一个箭步跨出去，往站外约定好的位置冲去。远远一看，没有见着脑海中预想的人，脚步顿时僵在了原地，果然还是走了啊！

但时间不容许她踌躇，她马上重新拾回刚刚的速度，往出口匆匆跑去。

"少槿！"

她的身后传来熟悉的声音，少槿倏地回头，那个在她脑海里的脸孔和面前的脸孔没有误差地重叠在一起。

若安从远处朝少槿走来,即使再慌忙,她仍然是那个一丝不苟,温柔如一的少女,少槿一眼就能从万千人群中看见她。

少槿给她比了个"快来快来"的手势,若安急步往前赶到她的身旁,然后把手中吃了一半的蛋糕递给她。

"我们不是约四十五分吗?"若安边走边说。

"少来,我看见你也是从这列地铁走下来的。"

她们看了对方一眼,不约而同地笑了起来,真是服了对方,也太了解对方的性格,仿佛早就预知了能够在同一个时间出现,而提早为对方省去等待的时间。

八点了。

"喂,要迟到了。"

远处传来学校的打钟声,少槿把书包背好,一手拿着蛋糕,一手抓起了若安的手,从老远的地方就开始奔跑起来。身后不止她们俩,放眼望去,那些穿着相同服装的人们也开始拔腿就跑,仿佛每个早晨都会在学校门前上演一场校运会的比赛。

大门被缓缓地关了起来,那短短几秒钟的关门时间,在此刻被无尽地放大,如同电视机里以四分之一倍速放慢的镜头。看得见她们的头发被风吹过,裙摆的褶皱被重新排列,以及脚步落地的弧度,全都完美地呈现在显微镜里。

"轰"的一声,大门在她们面前被狠狠地关了起来。

从门中能够清晰地看见教导主任那一脸高傲的表情。

她们这才停下了脚步,大口地喘着气,在大门旁边的小门前排着队,等着被登记"迟到"。

仿佛是在厚厚一叠的人生阅历里头用荧光笔做标记,有些时光在记忆里微妙地鲜明起来。于是在后来的日子,每一次从万千片段之中,都能清晰地一眼寻到那些被自己圈画起来的醒目记号。

这些都只是日常里最平凡的一页,是一本冗长的典籍里最容易忽视的角落,甚至在翻页的时候,不小心翻过黏在一起的两页,翻过去也不会发现错落了一页,如此细碎的画面。

像深夜大雨过后的清晨里逐渐淡去那一地似有若无的雨渍。

像教室里每天被写满又擦掉来来回回数十次的墨绿色黑板。

像夕阳余晖映照下被拉得又长又远的影子消失在街衢末处。

似乎有什么在旧时光里徐徐碾过,却又像什么都没发生。

我们的生命总是如此。

又满,又空。

03

"若安,走吧——"

少槿从教室的末端朝另一头的她说。

班里的同学在下课之后就开始吵闹起来。铭希、邱翊然、苏昀几个人聚在一起聊着一些无关紧要的话题。若安听见少槿的声音就转过来对她点头。

少槿把不用的课本都塞进抽屉里面,快速地收拾好书包,走到了他们身旁。

"少槿,你今天被老师表扬的作文能借我看吗?"

苏昀笑着问她,她大咧咧地笑了笑:"行啊,你等下自己在我抽屉里面翻吧。"

"你怎么每次作文都可以拿那么高分?"

"我也只有作文可以拿高分了,哈哈哈,你看看我数学,每次都不及格。"

少槿叹了口气,转头望向若安:"明天要交的英语作业,借我抄一下哈。"

"好呀,给。"若安翻出自己已经写好的英语作业,递给了她。

班里的人都知道,少槿和若安,一个喜欢中文,一个喜欢英文;一个活泼,一个沉静;一个粗心大意,一个心思细腻。既是如此的独特，又是如此的相似。在所有人的认知里面，她和她就像双生儿一样，走到哪里都少不了对方的身影。

"少槿、若安，等下要不要和我们一起去吃新开的甜品店？"翊然对她们说。

"啊？我们要去喝珍奶。"

少槿张开口笑，得意地拒绝了他。

"又喝珍奶？每天喝都不会腻吗？"

少槿和若安甚至没有看彼此一眼，却能异口同声地说："不会。"

若安慢条斯理地整理自己的课本，她呢，从来都给人一身温文儒雅的气息。其他人在聊天的时候，她偶尔会说上两句，大部分的时间都在聆听，然后在一旁频频点头。相对来说，少槿就是一个比较活泼外向的女孩儿，跟其他人都合得来，也很好相处，大大咧咧的，总是笑得没心没肺。那些若安没能说出口的话大部分都是由少槿替她说的。

而其他人也知道，她们两个人的世界，并没有多余的缝隙能让别人渗入。

"走吧。"

"嗯。"

少槿、若安和他们挥手告别，两个人缓缓走出了教室，像过往无数个日子一样。

六年的时间算是一个什么样的单位呢？

如果用上一生来计算，也许就是三万多天里两千天的日子。但如果用青春作为计算单位，也就是人生中被称为最灿烂的花季的那几年光阴。六年，大概几乎是全部吧。排列在列表里最显眼的位置中，等同电影里最高潮的一部分，等同试卷中最后一道题占分的比例，等同她们在彼此生命中占据的时光。

或许也是这样，日复一日的韶华再怎么特别，最终也会落为日常，日常会成为习惯，习惯会让记忆涣散，涣散使人遗忘。就是这些不计其数的沙子堆砌成这座时光的堡垒，她们安然地生活在里面，一起看落日长河，五冬六夏。

从学校到若安家是三个地铁站的距离，再从若安家到少槿家是一个地铁站的距离。在她和她的家中间有一个叫作常宁公园的地方。其实也不能算是什么秘密基地，不过就是一些熟悉的地方，特定的长椅，有着属于对方的位置。

明明坐地铁回家的路程只需要不到半个小时，她们却走慢了彼此回家的路，把一些琐碎的时光变得柔软而光亮。

下课后的天空被夕阳烧成一片橘黄，慢慢地随着时间的流动而转变成橙红，一路把两人并肩的身影映得一地颀长，校服的裙摆仿佛都能在那一刻定格。少女喜欢勾搭着对方的小手，买了一杯珍珠奶茶可以分着来喝。她说她的书包有点儿重，她便帮她拎了几本书捧在手上。

"若安，你想过以后要去哪里吗？"少槿总是这样问她。

而她总是摇头，没有说出一个答案。也许未来太过于模糊而巨大，任何具体的关于梦想的影像与庞大刚劲的未来相比都是以卵击石，无语凝噎。

少槿和若安不一样，她是个对未来有着极致盼望的人，她对若安说，以后想当个作家。

"写什么呢？"若安问。

"什么都可以，写小说、写散文，然后总有一天也可以把我们的故事写下来。"少槿看着若安笑了，眼底尽是温柔。

"那我……想要环游世界，去好多的地方。"

"好呀。"

"我们可以租一个房子一起生活。"

"你负责煮饭，我负责洗碗。"

"我出国的时候，你在家写文、打扫家里。"

"到时候我们都会有男朋友吧，我们四个人可以一起情侣旅行。"

"可以帮我们拍好多漂亮的照片。"

"那些照片可以贴满我们的家。"

"如果能够一起结婚就好了。"

"那么久以后的事情……"

"想一下都觉得好美好啊!"

——是啊,我们会一直像现在这样吧。

——会的,一直都会。

把珍珠奶茶的最后一口吸尽,把学校里今天所有的八卦聊尽,把和喜欢的人的互动都讲尽,天已经全然地暗灭下来。远处的街灯一盏一盏地被点亮了,身后的无限光景就此燃亮起一个宇宙。时间被故意地拨慢,像是旧电影里的某些场面被人按下了暂停,无声地、悄悄地被定格在这个画面。

十六岁的少女,心事和裙摆,约定与告别,是当时能够伸手摘到的梦,是约定一起奔赴的未来。

少槿习惯把若安送回家后,再自己慢慢走回家。

临走前,两个人还牵着手,她把书递给她,一如过往声音的温度:"明天见。"

"嗯,明天见。"

"你别迟到。"

"你才不要迟到。"

明天见吧。

像是过往那几百上千天的日子一样，理所当然地明天见吧。明天的明天也会见吧。在一直没有尽头的明天里，见吧。

那些所谓的别离，在十几岁的她们眼里，如同明天见的存在，像是没有尽头的骨牌，无论用什么速度向下一块倾倒也永远无法抵达终点。未来被放在骨牌的最终目的地，日子一块接着一块到来，却也因为时间的巨大而遥遥望不见去向。

也许未来还太远，所以从未惧怕告别。

04

若安收到少槿的讯息，是晚上十一点多的时候。
没多写什么，就四个字——出来陪我。

她没有多想，就拿着手机到了她们常去的常宁公园。
快要十二点，街上的路人甚是稀少，只剩下孤寂的街灯点亮着那条她们熟悉的路。已经十二月底的日子，天气冷得让人哆嗦发抖，每一次呼吸都能吐出一圈沉沉的白气，飕飕冷风把露在外面的皮肤吹得通红。

若安缓缓地慢步走到公园，走近那条属于她们的长椅。

远处，她能看见一个细小身影，缩在长椅的一角，路灯的黄晕轻轻地覆盖在那个人的身上，风悄悄吹拂过她的头发。她知道是她，是她的她。

若安慢慢地走近，轻得像是没有一丝声响，直到她站到了少槿的面前，影子渐渐从小到大映覆在少槿的身上。

本来缩成一团的少槿感到突如其来的黑暗，默默地抬起头。

若安在那一瞬间感到前所未有的讶异。少槿抬起来的双眼里，有着大颗大颗的泪珠挂在眼眸上，却倔强憋红了眼睛不让它落下。

少槿身上穿得单薄，向来不怕冷的她竟也开始微微地颤抖了起来。

"怎么了——"若安走得更近了，背光的她想要更清楚地看见少槿的脸。

"我……"少槿一开口，眼眸就挂不住泪珠，泪珠潸然落下，声音哽咽得几乎发不出声，"……我失去他了啊……"

那是她的初恋。

像是悬在半空的心脏找不到拴住的锁而高速地往下坠落，碎成一地的尖锐残骸。

若安二话不说，她打开自己身上穿着的大衣，走上前把少槿紧紧地包裹住。

少槿的眼前如同被关了灯闸，她终于可以卸下所有要强的脾气，那些不能被人发现的样貌得以展露无遗，那些逞强的欢笑得以一弃置之，她在她巨大的温柔下放声痛哭。

她抱着她，低声对她说："没事的，我在呢。"

在被攻城略地的悲伤里，她轻易地接住了她的坠落。

如同在汹涌的暗潮中抓住一根浮木，这根浮木在无边的浩海里就等同一座岛般珍贵，是可以让她搁浅的地方，是可以让她依靠的海岸。

也许不需要多说什么安慰的话，不需要追究背后的原因，不需要给予什么样的答案，仅仅是陪伴就足够抚平世上一切的波澜。

那一年的冬天，少槿失去了她的少年。

后来回头再看那段回忆时少槿才发现，这么多年来，她以为她失去了许多重要的东西，但从没想过有些东西她未曾失去过。

这个世界上有那么一个人，他不曾惊艳了你的岁月，不曾喧腾了你的时光，但是当你回头去看，整段浮沉的流年里，早已渗透他的一点一滴。而所有的痕迹和脉络归根结底还是离不开他的陪伴，琐碎得像是漏在齿轮里的沙，成了最温暖的皈依。

"好点儿了吗？"

若安抚着她的背，感受得到她的身体渐渐地回暖起来。

"嗯，"少槿嗅了下鼻子，双手用力地往眼睛一抹，终于抬起头看她，笑眼里有泪花，"没事了。"

"回家吧。"若安牵起少槿的手。

凌晨时分，世界静得像是一只睡着了的兽，外面的冷风刺骨凄清，走在这样的路上像是一艘逆水而上的小船，走得磕磕绊绊、踉踉跄跄。

然而——

和一些人在一起的时候，就能把一条萧疏的路走成万里晴空。

05

"等下要不要去看电影？"

午休的时候，少槿整理好自己吃完的餐盒，悄悄地问若安。

"晚上吗？"若安顺便把桌上擦一擦。

"待会儿，下午。"

少槿露出黠慧的眼神，甚至还能在里头找到一丝奸诈的意味。

"下午？我们要上课啊……"若安理所当然地回应，而后想一想，又有些不解地说，"你不会是想……"

若安心里突然觉得不对，少槿不知道又想到什么鬼点子，像她那么古灵精怪的人，总是能想出一些自己意想不到的东西。

"逃课去看电影吧。"

少槿接上了她的话，靠近若安的耳朵，机密地对她说："假装不舒服请假出去就好啦，我不想上下午的体育课。"

"老师会发现吧？"

"这样吧，我们假装是家长打电话到学校请假就好啦。"

若安紧皱了一下眉，她没做过像这样在老师眼中是"坏学生"做的事情。

"体育课多没意思啊，又不耽误其他科目的学习。去嘛，我想看的电影今天最后一天上映了，去嘛，陪我去看嘛……"

少槿诚恳地抓住若安的手，轻轻摇晃着，用软糯的语气请求她。

"……好吧。"若安还是无可奈何地妥协了。

其实，少槿知道若安最终还是会答应她的请求的。在过去的那些日子，尽管若安也并不怎么喜欢某些事情，但只要是她要求的，若安总是会答应。当然，十几岁的女孩儿哪会提什么过分的要求，不过就是想要在那冗长沉闷的时光里，偷一点儿欢愉的时刻给彼此；不过是想要在什么都还不懂的年月里，留下一些跟彼此有关的回忆，让不争朝夕的岁月都有所回顾。

第二天。

老师没有放过她们两个的"坏事"。如悲伤的预感一次都没有让人失望过般，老师还是发现了她们"说谎"请假这件事。

被老师叫到教室外面狠狠地训了一顿。

"你们家长知道这件事吗？"

少槿和若安摇头，把头低下，表示着自己的羞愧和歉意。

"你们两个回去给我写检讨书。"

"老师……是我怂恿若安陪我出去的……跟她没有关系。"少槿抬起头，好不容易鼓起勇气跟老师说。若安睁大眼睛转过来看着她。

老师无奈地叹了口气，心里想，这两个是以为自己在拍电视剧吗，要为对方承担错误。老师有点儿无语，摇了摇头，语气终于还是软了下来："少槿你呀，那么多古灵精怪的心思倒不如放在学习上面……我知道你们是好朋友，但这样是不对的，你知道吗？"

"知道了。"少槿低下头,声音慢慢地越来越小。

"你们两个回去写检讨书,明天交给我。"

"是。"

少槿和若安唯唯诺诺地应道,慢慢地走回教室。

后面上课的时候,少槿把检讨书藏在书本下面,以她的作文能力,一两节课就快速地写好了。

她转过去看着坐在离她不远处的若安,正专心地上英语课。

少槿从笔袋里取出一张便条纸,在上面简短地写了几个字,然后把它揉成一团,趁老师在黑板上写字的时候扔到若安的身上。

若安接到纸条,不解地看了她一眼,缓缓地在抽屉下面打开纸条。

——对不起。

过一阵子,若安在纸条上写下她秀气的字,再通过同学的传递送到少槿的手上。

——其实我也不想上体育课 ☺

少槿看见了她写的话,又抬起头深深地望了若安一眼,两个人不约而同地笑了一下。

大家都说学生时期的日子里总该有过一次逃课，总会有那么一次能让你记住很久很久的日子。也许在其他人眼中不过就是一个下午的时光，不过也就是一部电影、一个场景、一些对话，或是一些没来得及实现的诺言，都足够在瘠地生花，把重复的情节变得耀眼特别。

后来的很久以后，她都会回想起那一天。

她拉着她的手，悄然地从学校侧口逃去，白色净洁的校裙随着脚步摆动着，那一条她们每天都会经过的小路变得惊心动魄。她们不时地回头望有没有老师注意到自己，心里面甚是胆怯，但更多的是兴奋和快乐，充塞着那两颗跳动的心脏。

少槿甚至都记不起一些细节。看了什么电影，当天有没有吃爆米花，喝的是可乐还是雪碧，之后去了哪些地方闲逛，是坐车回家还是走路回家，这些她都不记得。

唯一记得的是那天少女脸上欢脱的笑容，永远凝固定格在相框里面似的，重重地刻在了她心上显眼的位置。

06

若安永远记得那一天。

她接到警察局的电话，挂了电话时手还是颤抖的，整个人头昏脑涨的，跌跌撞撞地走出家门，不知道怎么坐上出租车，又怎么抵达警察局的。她用了全身唯一的力气和意识，拨了电话给少槿，具体说了些什么，她记不起来，话也说得不太清楚。她依稀听到少槿强而有力的声音，她说："等我回来。"

若安抵达警察局，她没敢走进去。

这一年她十七岁，活到这么大，一直都跟"坏"这个字扯不上关系，读书普普通通，成绩再怎么不好也一定不会差到哪里去。温柔如她一般的小女生，平常说话也不带一个脏字，不会做什么越轨的行为。在所有大人眼里，关于她的关键词从来都只有乖巧、听话、沉静、温柔等，那些在这些词语以外的一切，都无法和她产生联结。她愿意成为这样的存在，即使偶尔胆小懦弱不被人关注，但也从来不曾受到质疑或鄙视，她可以不用勇敢也不用出众，像是躲在壳里的蜗牛，所有事都与她无关，为此她觉得无比的心安。

她坐在警察局门外，体寒的她身体一下子就冰冷得不像话。

当少槿赶到的时候，她看见若安一个人缩在一角，脸上有风干的泪痕。

"走，我陪你进去。"

少槿把她慢慢地扶起来，温暖的手紧拉着她冰冷的手，走在她的前面。若安能感觉到少槿的手也在微微地颤着，表情却处之泰然。

后来若安回想起来，才慢慢懂得，其实少槿也是害怕的，也是不安的。只是在她们两人的关系里头，她是较为坚强又较为勇敢的一个，所以她愿意走在她的前面，愿意收起所有的慌忙和张皇，愿意给她心安和依靠。

若安的妹妹做错事了，在学校偷了同学的钱，因为金额有点儿大，家长执意要报警，校方难以单方面去处理这件事情，就打电话到家里，希望双方家长可以和解。

在家中，若安是三姐妹里最大的一个，所以做什么事情都最乖巧，最不让家人担心。爸爸妈妈经常出差，家里的大小事情都是若安在照顾着，即便她只有十七岁，也处于一个需要被人关怀和照料的年纪。所以她总是和少槿在一起，因为只有这样她的心事才会有人在意，也只有在少槿的身旁，她才不用当一个大姐姐。

多年后，若安才发现，少槿不仅是她的避风港，更是长夜里穿透晓际的天光。

"你们的家长呢?"负责此案的警察这样问她。

少槿站在前头,后方的若安仍然张口说不出一句话来,于是她替她说:"家长出差去了,来不了。"

"那你们有成年的其他监护人吗?"

"没有,就她一个,是那个女生的姐姐。"

"这样啊……只能看被害人的家长想不想和解了,但这件事也必须告知家长才行。"

"已经打电话跟家长说明这件事了。"

若安走近她妹妹的身旁,旁边还坐着对方的家长。那位母亲一见是一个高中生前来,直眉瞪眼的面容稍微缓和了一些。

"您好,我是她的姐姐。"若安走上前,声音颤抖着说。

"应该让你们家长来,你们知不知道她的所作所为是犯法啊,这件事有多严重你们知道吗?"对方依然疾言厉色,紧皱着眉头,声音怒嗔。

在一旁的少槿也走上前,声音低微又带着一点儿讨好的意味:"阿姨,真的非常抱歉,因为现在家里也没有大人可以来,家长都出差了,家里只有姐姐可以出面来处理这件事……的确妹妹犯了很严重的错,我们也不能辩驳,是真的错得很离谱。但是妹妹今年才十五岁,我知道这不能成为犯罪的理由,也知道是因为我们没有管教好所以才会出这种问题，我们难辞其咎，也只能这样跟您说声对不起，真的希望您能给她一次机会……"

若安是个不善言辞的人，她也没有少槿那么圆通，她静静地听少槿为她解释，蹚这跟她自己无关的浑水，悄然落下了眼泪。

她深深地向对方的母亲赔了不是，花了一些时间说服对方，对方的态度不再那么强硬，那位母亲也知道不是这两个女生的错，见这两个高中生实在可怜，也不忍过于苛刻，于是放过她们。而若安也好好地在那位母亲的面前打电话给妈妈，让双方得以顺利沟通，接着也把钱原原本本地还给对方，这件事算是暂时解决了。

当若安领着妹妹走出警察局的时候，天色已是夜晚时分。

少槿站在两姐妹中间也不好多说些什么，便机灵地对若安说："我走啦，明天学校见。"

"嗯，明天见。"

此时若安点点头，一句谢谢却哽在了喉咙。

她目光随着少槿的背影渐渐缩小，融进这样一个秋高气爽的夜里。

这个世界上有那么一个人，他会替你抵挡这个世界上的锋利，会替你遮蔽所有张狂的雨滴。你只要躲到他的身旁，他就会替你勇敢，守着你的柔软和懦弱，告诉你别怕这个险恶的世间，告诉你外面的惊涛骇浪都不过是浅水浮波。他情愿陪你坐看火树银花,也心甘伴你看洪流喑哑。

若安难以想象失去少槿的自己会是什么样子。

对啊,大概就像没了月亮的夜晚,缺了手臂的将军。少了盼望的明天,丢了青春的人生,怎么说都是遗憾,怎么补都有缺憾。

07

高二那一年,若安被选为班长。

主要是因为她平常给人的感觉沉静稳重,而她向来都能慢条斯理地把自己的事情处理得非常好。所以被同学们推选为班长,对于她自己也不是特别讨厌这件事。

直到有一次,她冒失地把班费弄丢了。

那天早会若安把班费都收集好,装进信封袋,然后放进抽屉里。

上午课的小休时,她离开座位陪少槿去学校商店买零食,再回到座位,就发现那个装着班费的信封不翼而飞。

她如同被雷当头劈中似的,身体一下子失去了动弹的力气,脑袋里晃过这段时间里所有的记忆，企图在意识里面找到一个与那个信封相关的片段。然而，没有，什么都没有，记忆中没有任何有用的线索可以给她参考。

她停顿在原地，手足无措地把自己的抽屉翻了无数遍。

没有，还是没有。

离她不远的少槿注意到了她的异样，走到她的身旁，轻声问她怎么了。

若安艰难地用机械般僵硬的声音说道："钱……不见了……"

"什么？真的假的啊！"

少槿瞪大眼睛看着她，嘴巴张得大大的，她蹲下来又仔细翻查了一下若安的抽屉，真的没有。之后又把她抽屉里的书本打开翻了一遍，不放过任何一个端倪。

还是没有，一个信封就这样子消失在她的抽屉里了。

旁边的男同学见她们两个紧张兮兮的，凑过来看看是怎么一回事。

苏昀好奇地走近，问她们："你们在找什么啊？"

"班费。"少槿没敢大声，靠近苏昀的耳朵幽幽地说。

好死不死，旁边的男同学碰巧也听见了，惊讶地大喊："班费不见啦？"

完了，彻底地完了。

少槿转过头狠狠地瞪了男同学一眼，让他闭嘴。

然而他的声音已经响彻整个教室，所有人都听见了，开始交头接耳地讨论。本来太平无事的教室一下子吵闹得像是夜市一样，你一言我一语地批评和论断这件事。

突然，沸腾的班里，有一个特别尖厉的声音，不轻不重地撞进了若安的耳朵里——

"她的妹妹也曾因为偷钱而被抓进警察局啊，搞不好，她也把我们的钱给偷了，这种事谁都说不准……"

没等那个叫晓暄的女同学说完，少槿"砰"的一声双手大力地往自己的桌子一拍，从座位站了起来，响亮的声音一下打断了晓暄的话："你说什么？"

班里一下子被少槿的声音吓得肃静起来，一片死寂，没有人敢说一句话，静得仿佛连一只苍蝇展翼飞过也能够听得见。

全场听见晓暄的话的人都震惊地望着若安，一下子，所有人关注的目光都朝她而去，像是一根根尖锐的针同时刺向她一样。若安脸颊火辣辣地燃烧起来，委屈得想哭。

少槿猛地走到晓暄的面前，生硬的语气一字一顿地说："你、再、说、一、遍！"

若安眼睛马上通红起来，她走上前拉住少槿，用很轻很轻的声音叫少槿算了,她不想少槿为了她而惹什么事。她知道,这件事她百口莫辩,再多的解释听起来也都是掩饰。

少槿把她拉到自己身后,再次压低声音对晓暄说:"你再说一遍试试看。"

"我弟弟和若安的妹妹同一所学校,他说那天她妹妹被人抓进警察局,谁知道两姐妹会不会做一样的事……"

晓暄盛气凌人的姿态被少槿突如其来的气势打垮了,明显有点儿却步,声音没有刚才那么堂堂正正,却又像是在细声抱怨。

"——你给我闭嘴!"

少槿愤怒地揪起了晓暄的校服,咬牙切齿地说道。

在一旁的苏昀也看不下去了,马上拉住了少槿,对晓暄冷冷地说:"这件事跟她妹妹又有什么关系?事情在查清楚前,谁都不能诬赖若安。"

"对啊,我们要先弄清楚是怎么一回事。"

邱翊然站出来对大家说,既没有偏袒若安,也没有承认晓暄的说法。

"在吵什么呢?"

班主任的声音蓦地穿透整个教室,所有人顿时安静下来,开始默默地走回自己的位置。

"若安,你出来一下。"

被叫到的若安身体猝然震了一下,本来低着头的她伸手快速地擦干了自己的眼泪,无声地站了起来,在所有人质疑的目光中,和班主任一起走出了教室。

少槿的目光一直停留在玻璃窗外若安的身上,她着急地向外张望着,只见老师神情凝重地指着若安说教,而若安一边擦着眼泪,一边唯唯诺诺地点头。

没多久,若安默默地低头走回了自己的位子。

小休结束的钟声此刻响起,班主任走了,少槿见下一节课的老师还没到,就跑到了若安的桌边,问她怎么了。

若安一顿一顿小声地说:"老师说……信封夹在数学作业里交上去了……就说我怎么这么大意……"

所有人屏息听她说完,终于可以松一口气。

若安说着说着终于还是忍不住哭了,哽咽地说:"我真的不是故意的……我没有偷大家的钱……"

"听、见、没、有!有些人就喜欢扭曲事实、血口喷人!"

少槿一把把她抱进怀里,眼角扫过晓暄,声音又故意提高了些。

晓暄不服气地反驳:"你说谁呢?!"

"还有谁呢?"

少槿松开了若安,转过来面向晓暄,得意地笑了一下。

在其他人看不见的角落里，若安扯了一下少槿的校服，示意她算了，别跟其他人计较了。

这时，少槿转回来从口袋里取出卫生纸递给她，让她别哭了。

若安把眼泪擦干之后，走到讲台上面向大家，对大家郑重地道了歉。

"哎呀，没事啦，找回来就好啦！"

"对啊，谁都会不小心嘛！"

事情算是有惊无险地告一段落。

（在那之后，少槿就从没看晓暄顺眼过。）

这也成了高中学校生活中最特别的一段回忆。从前的时光是这样的存在，即使多坏、多潦倒、多悲伤的事件，到了很久以后，当我们回想之时，都会随着时间的流动一点点地变得与众不同起来。时间把好的坏的片段都变成了一种纪念，一种关于青春的纪念。好的回忆让我们会心一笑，坏的回忆让我们释怀地笑。

但是，这段回忆对于若安而言，好的成分比坏的成分要多一些。

至少在很久之后，她都记得，少槿那天挡在她的面前，面对晓暄的指控，面对所有人怀疑的目光，都能光明正大，没有一丝胆怯和犹豫地站在她这一边，做她坚固的围墙，给她滴水不漏的防护，以及无条件的相信。

她能想到最美好的样子，是少樘脸上的傲气与清澈。

08

最后一天上课的日子，她们都哭了。

从踏进校门的那一刻起，就弥漫着离别的气息。

这个校园是她们待了六年的地方。六年来，每天都花了绝大部分的时光，浓缩了所有梦想和日常，涵括了所有努力和挫折，承载着所有欢快和奋身。一个名为青春的场所，一个绝无仅有的地方，一个在往后很多年回想起来，都充满不舍和怀念的故址。

这些日复一日沉闷的日子终于变成旧书里泛黄的书页，随着年年月月生蛀出潮湿的霉迹来。曾经说过想要赶快逃脱的时光，就这样不知不觉走到了最终章。

头顶上那台总是发出"吱哑"声的生锈风扇，那个藏着喜爱的零食和小说的抽屉一角，连抬头迎向窗户那抹刺眼的阳光也觉得怜惜。桌面上残留着扫不干净的橡皮屑，做来做去分数总是不高的模拟考卷，午后的校园总是充斥着男生们的汗臭味，下课时分校园外的林荫大道缓慢散步的情侣，还有那个总是陪在自己身旁的身影。

你以为是对于那个校园的不舍,其实只是对于和某些人一起在那里经历过什么而感到不舍。你真正舍不得的,不是这个地方,而是陪你在这个地方的人。

到了黄昏仍然不想回家,不愿意那么快把"最后"走完,以为这样子就能永远抓住这最后一点儿时光。学校的树林后面很少会有人经过,她们喜欢去那里,坐在那里,闭着眼睛,头靠在一起,用一副耳机听歌。

明明几年前还在想,以后的漫漫时光要如何快速地把它走完,怎料一瞬间,她们已经是学校里最高的年级,走到校服即将过期的最后一天,把空空如也的青春填写得满满当当,琳琅满目。有些事情总是到了事过境迁之后,才能拿出来细数和缅怀。

"你还记不记得,我刚认识你的时候,你特别胆小,在大家面前连话都说不好。"少槿抬头望着倾泻万里的夕阳,眼眶中有黄昏日落前折射出的光芒。

"是啊,"若安不自觉地笑了笑,转过头来看她,"刚认识你的时候,我还以为你是个大姐大,特别霸气。"

"喂,我也有少女的一面,好不好!"

"是,所以跟那个谁分手的时候才哭得那么难看,哈哈哈……"

"你还好意思说我，你不想想看你在警察局的时候……"

少槿说着说着，又想要使坏，她知道若安特别怕痒，总是隔三岔五地就想要去抓弄她，弄得若安只能不停地闪躲。

时间把万物都熬成繁盛锦簇的回忆，苍白的岁月历经经年，灿开出永远无法忘怀的花季。

是那些欢快的笑容，让青春在她们的记忆里喧嚣得无法无天。

因为这是最后一个能穿校服的日子，几乎所有的同学都把自己后备的校服拿出来，让同学们用七彩斑斓的签名笔在校服上写下对自己想说的话。

若安在少槿的校服上写——谢谢你让我的青春无憾。

少槿在若安的校服上写——很久的以后，我们也要一起走。

若安还记得，入学第一天，坐在她身旁的少槿，笑得如五月未央的太阳。她对她说，槿字的意思是只在白天盛开的花植，灿烂一瞬，犹如绽放定格在夜空中的烟火。

若安、少槿，少安若槿。

她们的名字合起来就是，年少长安只若一瞬花槿。

最后一天，她们站在校门口请朋友帮忙拍了一张照片，占据了钱包里的位置许多年。

被镶在相框里的,是未曾加工过的灿烂笑容。

有些花满枝丫的昨天,来日不再。
她们要奔向更遥远的未来了。

09

若安拿到国外大学的入学通知书之后,两人经历了一次很长很长的冷战。

少槿给她发了三个字的讯息,若安竟无从回答。

——那我呢?

说好要一起租房子一起生活,说好你煮饭我洗碗,说好在很久的以后都要一起走,说好彼此成就彼此的梦想,说好一起交男朋友之后一起旅行。说好的未来,你却突然有了其他的安排,而我像个傻子一样被丢在原地,还独自期待着和你的约定。

那我呢?那我呢?

我被丢在很遥远的昨天里,还盼着那个与你同行的未来。

那些遥遥无期的告别突然被摆在眼前，一切都显得模糊而失真。

在更巨大的时间和未来面前，我们总是被逼着往前。世界像是由蜘蛛网般络绎不绝的道路所组成，每一个岔口都存在着无数个相遇和错过。我们终将在路口分道扬镳，各自迎向属于各自的生活和憧憬。从前说过的诺言变成了一种时光的纪念，纪念着我们曾经的梦想和热望，也纪念着我们来不及实现的眷恋和张狂。

也许每一段岁月都总有一些遗憾吧。

若安走的那天，少槿没有去送她，只给了她一封信。

两人中间永远都相差一次告别。她有时候会想，是不是因为没有告别，所以她们永远都不曾离开过彼此，也因为这样，才能在再见的时候一如既往地回到身边熟悉的那个位置。

至此宽别，来时重逢，约定好成为一个更好的人。

若安：

知道你要走后，我真的无比难受。我觉得是你先背叛我们说好的约定。

可是后来我想，我不能够阻止你奔赴更美好的未来，即使我们不能够再像从前一样每天都待在一起。所以我祝福你,答应我,你一定要快乐,要比现在更快乐。

愿你少安,不止若槿。

10

当我对所有的事情都厌倦的时候,我就会想到你,想到你在这个世界的某个地方生活着,存在着,我就愿意承受这一切。你的存在对我很重要。

——赛尔乔·莱昂内

——将此献给阿恩·纪念青春里不可或缺的一段时光

你的美好似若晴天

我希望你也能喜欢自己,像我喜欢你那样。

01

你要相信,会有一个人填满你所有的缺口,瓦解你的遗憾,引渡你的迷途,斑斓你的岁月,拥护你的余生。

02

世界是那样缩成安静的茧。

所有夏蝉的鸣声都逐渐远去,那些落日的余晖归于地表,秋风过耳,流离薄凉。高二后的秋天,安河无意之中"拯救"了林微然。

那天晚上,他们坐在学校的天台。

安河跟林微然说:"我喜欢宁瑄,但我被她狠狠地拒绝了。"

林微然安静地听他诉说，眼前这个男孩儿，干净的短发下是清晰又阳光的轮廓，长得不算非常帅气的那种男生，但总能覆上一层厚厚的温暖。眼神气息间流露出拙钝的冲劲和热诚，笑起来时仿佛能燃亮万家灯火。

十七岁的安河不懂世间的风霜花雪，眼里只有甘之如饴的喜欢。

很久以前，林微然觉得这样的喜欢不过是冥冥人生中毫不起眼的俗梦一场，在时间的面前根本不值一提，然而安河是这样告诉她的：

"不过我想也无妨，我喜欢她跟她喜不喜欢我又没有关系，你说对不对？"前一秒还露出失恋的表情的安河，后一秒就抬头望向那遥远的天际，满不在乎地说。

"嗯。"

"你呢？你有喜欢的人吗？"

"没有。"

"哦，挺好的。喜欢一个人真痛苦。"

"那你为什么还喜欢她？"

为什么呢？

也许这个世界上根本没有言辞能贴切地解释那些搁在心底的念想，我们口中所有松花酿酒的喜欢，都不是因为那个人、那件事、那些物是多特别的惊世一瞥,而是我们的喜欢让他成为生命中特别的存在,而这种喜欢大多都平白无故。

那,他对宁瑄的喜欢是从什么时候开始的呢?

安河能清楚地想起初见时的宁瑄,如头顶飞鸟展翅而过,从此落入他心尖。而后的每次闭眼,都能从虚化在脑海中的霓虹星芒里将她描摹。

"我们共存着一个秘密。"

"一个她永远不想要让人知道的秘密。"

03

再一次见到宁瑄,已经是升上高一后的事了。

高中部的校园非常宽敞,即使是同一个年级的同学也并非那么轻易地能每天碰面。更何况安河向来成绩不好,更少有机会能与资优班的同学认识,所以那次偶然遇见宁瑄,是升上高一后几个月的事情了。

午休时,宁瑄双手捧着厚重的数学课本,从教学大楼前缓缓地走过。

这时安河刚好结束一场篮球赛,跑到教学大楼附近的投币贩卖机买一瓶水。

他不偏不倚地望见了宁瑄,马上又移开了视线,大口大口地喝水。一刹那间像是随机的电影片段,脑中掠过岁月种种的场面,他忍不住又回头看她一眼。

她从远处慢慢走来,有暖煦的阳光筛透在她的身后,他认出了她,如曝晒在烈日底下的身影缓慢地交叠在一起。

是她。

和深刻在他印象的女孩儿稍有不同,褪去了一丝稚气与深沉,换上一抹光彩夺目的神色,脸上始终是标准好看的笑容,漫天纷扬的天光将她的轮廓映得更雪白透亮,温柔星月渗进了摇曳的裙摆。她依然漂亮精致,却少了令他熟悉的气息。

难怪他有点儿认不出她来了。

安河轻轻地叫住了她。

宁瑄回头看他,声音清亮:"同学你叫我吗?"

"对呀,你认得我吗?"

安河指了指自己的脸,朝她大咧咧地笑了起来。

宁瑄有点儿错愕,忽然止住动作,停下来仔细地打量着他,试图在脑海浮影中寻找相对应的脸孔。仿佛是铅笔缓缓地拓印出丢失在久远年月里的手稿那般,模糊的光影渐渐清晰。

忽然那抹一如既往展开在她脸上的笑容僵住了。

安河见她愣住的样子,伸手在她虚化的视线前晃一晃手。

"不记得吗?"安河机灵地眨眨眼睛,娓娓道来,"就那次啊,我们在小区里——"

"不记得。"

宁瑄垂下自己的目光没有再看他,毅然打断了安河兴奋的语气。

安河怔住,面前的女孩儿并不像他那样拥有一次欢快的重逢,给他的感觉反而是想要打断两人过往的一切联结。

她的脸上那抹好看的笑容渐渐消失,取而代之的是几乎残酷的漠然。

"你想怎样?"她没有一丝情感地问他,令他无所适从。

安河皱了皱眉头,觉得奇怪极了。他收起吊儿郎当的神情,有点儿无奈地笑道:"我没想怎样啊,只是重新遇上你觉得开心而已。"

"那就行了。"

宁瑄连眼神的余光都不愿给他,捧着书本转身不带一丝犹豫地离开,又重新恢复意气风发的模样,仿佛刚刚和他的相遇不曾存在一样,徒留他伫立在原地捕风捉影。

在没有人看到的角落，宁瑄的指尖逐渐沁凉。

从前的往事压在她心头重若千钧，她不得不把曾经的事情重新想了一遍。在岁月里反复地磨砺着，以为自己已经离那些事情很远很远，但那些往事偏偏犹如顽石恶鬼，隔三岔五向她奔腾而来，她始终无处可逃。

她讨厌所有从前，以及和从前有关的一切。

04

高中时期的宁瑄是所有女生都向往的样子，包括她自己。

我们能想象到最美好的样子她都拥有，外貌长得真是好看，尽管不施脂粉也清秀姣美，谈及校花、班花都必有她的一席之地。读书成绩更不用说了，资优班里也算是前几名了，却丝毫没有书呆子气息，说到成绩时也不骄傲，更大方地跟同学分享念书技巧。讲话有趣幽默又跟得上潮流，对朋友有义气，是属于那种男生拒绝不了、女生讨厌不了的人。老师更是疼爱她，不仅是班长，又会指导身边的同学课业问题。据说家庭背景也很好，爸爸是大公司老板，家在市内有名的住宅区。真的是，很难从她身上挑出任何缺点。

所以当安河向林微然说自己喜欢宁瑄的时候，林微然心里自是一阵鄙视，果然所有男生都只向往美好的事物。

可是安河却笑了，笑里有温柔和诗意，跟林微然说："那是因为你们都不知道她以前的样子。"

所有的秘密大概是从这里开始。

一件事情是如何在岁月里长成生锈满苔的秘密，肯定要被埋在心底最潮湿阴暗的位置，反复地受潮和细菌滋长，才会变幻成腐朽的枯木，从此轻易地发出吱嘎响亮的脆声。稍经践踏，就能裂出难看的破口。

就在高一重逢没多久后的某一天晚上，安河再次见到了宁瑄。

遥远处是豪华住宅区的入口，安河回家时看见小区入口前，宁瑄和另一个穿着他们学校校服的男生站在一起。

这天雨下得滂沱，只见那男生和宁瑄撑着同一把雨伞，走到小区入口前的时候，宁瑄微笑着礼貌道别。

那男生说："明天学校见！"

宁瑄点点头，然后朝着住宅区大门前进。

身后的安河也没有多想什么，经过大门时却看见宁瑄站在大楼的屋檐下，蜷缩成一团，身体内的热气似乎已被消耗殆尽，但她仍然站在那里，时不时注意着时间，仿佛在数着什么。

宁瑄没有想到，那个追求她的男生执意要送她回家。

她叹了口气，又再看一眼手表，十分钟过去了，她觉得也差不多该离开了。

刚踏出去第一步，她就惊瞥到了安河的身影。

如同电光火石劈打在她的身上。她的双瞳倏地睁大，脸色更显得苍白了一些。

安河无声地和她对视着，滚烫的目光深深地戳进了她的心里，使她毫无防备。

她想落荒而逃，恍如在暗地里偷东西被主人抓个正着似的，那种巨大的羞耻感铺天盖地袭来。她只能不断地闪躲开他炽热如炬的目光，再多一秒的对视也都使她难堪至极。

空气似乎在此刻冻结成冰。

安河直勾勾地凝视着她，却有那么一刻看见她眼里无尽的落寞。

后来每当他回想起这一幕时，都觉得自己咄咄逼人的样子在她眼里肯定十分残忍，以致她在漫长的年月里都这样深深地远离自己。

一定是不解的，他对于她所做的一切。

有些事情在别人的眼中是毫无意义的挣扎，但对于某些人而言是穷极一生的努力。

"这明明不是你住的地方。"
"这曾经是我住的地方。"

05

似乎有什么大事件发生了。

小区的入口管理处前一阵喧闹,正是大家下课下班的时刻,小区的出入口异常吵闹,有些刚下班的住户在入口处围成一团。这样的场景几年来都不曾有过,左邻右舍纷纷探出头来看个究竟。

只见出入口处停了两辆警车,几名警察下了车,神色凝重地走入某栋大楼的住家里。

大家都在议论着。照理来说,能住上这么豪华的小区,基本上都是有钱人家,不是律师、医生,也是大公司的老板,鲜少发生这样令人生惧的事情。

片刻,一个男人被警察带出了大楼,身后跟着一位年轻的母亲,她紧紧地抱着自己的女儿,牢牢地低下头,脸色憔悴。

此时围在小区入口处的人越来越多,见警察带了人出来,议论的声音更是沸腾。人群把警察的去路挡得水泄不通，男人被警察押着一寸一寸地前进，默默跟在后面的母女俩头都没敢抬起，在人群中被挤得东倒西歪，耳边尽是刺耳难听的话语。

"就是他们一家啊……真是该死啊，怎么会有这样的人啊？"

"听说是酒驾，撞死了两个人，妈呀，这种人就该判死刑……"

"你看，整家人都长得不像什么好东西……"

好不容易走到警车那里，男人终于停下来了，满脸胡楂的脸孔是前所未有的苍白。他缓慢地走上前，和妻子女儿最后说的一句话是"我对不起你们"。

须臾，身后一阵异样的骚动，有人从人群中冲了出来。极大的撞击使这对母女承受不住倒地不起，四周的人群迅速地往后退了一步。

冲出来的是一个头发凌乱四散的女人，她指着被扣上手铐的男人，疯狂地大喊："就是他，就是他害死了我的先生和孩子——"

警察带男人上车后，便上前阻止这个女人的过激行为。

"就是他，就是这个杀人凶手！"她的声音尖刻而狠毒，接着转过来看着母女两人，发狠地直瞪着她们，像是随时会跑上前将她俩碎尸万段似的，"你们赔我两条人命——"

她不顾一切地冲上前，抓住了那位母亲的头发使劲地拉扯，身旁的警察连忙上前拉住这个疯女人，慌乱之间女孩儿被推倒在路边，撞得膝盖流出血来。

女孩儿赶紧站了起来，又冲上前去挡在自己母亲面前。

母亲默默地在人群中跪了下来。

女孩儿发怔地望着自己的母亲，喊了一声"妈"，眼泪潸潸落下。

女人充血的双瞳渐渐地暗了下来，也不再歇斯底里地嘶吼，反而倒在地上，抽泣着，哭得声嘶力竭，痛心疾首。

"是我们对不起你，我们给你道歉——"

母亲猝然拉着她，把她的身子也用力地按下去。她受不住母亲的力道，也跟着一起跪了下来。

"妈——"

女孩儿的膝盖还流着血，哽咽着喊道。所有的委屈和不甘都在这一声后倒溯回去。

"我们到底做错了什么。"

之后这个女人被警察打发回家了。

女孩儿忘了她们跪了多久，久到人群都已经散去，久到她的膝盖已毫无知觉，久到在往后的人生里，她再也无法忘怀锈迹斑斑的这一天。

那是安河第一次见到宁瑄。

从人潮的缝隙中筛筛漏漏地看见一个煞白的身影。

而她那句"我们到底做错了什么",包含了所有不甘和挣扎,像是一颗伶仃的鹅卵石奋身击向高耸坚固的围墙,却丝毫起不了任何作用。有些标签一旦贴在一个人身上,便从此形影不离,像墨汁一点一滴渗进白色的织布,只能眼见那些黑顺着纹路四散蔓延开来,如同在心底绽出一朵黑色的蔷薇。

出事之后的几个月里,直到搬家以前,小区里的人都没有再跟她与她母亲说过一句话。连那些以前夸奖她长得精致漂亮的阿姨,说她冰雪聪明的邻居,也都不再与她说话了。她成了小区里面大家避之则吉的对象,而后伴随着的,是凌厉眼光里强烈的厌恶和鄙夷。

没有人能够救她。

因为那些话毕竟不是实实在在的武器,她无法伸手去挡。有些话语和目光是比刀剑更锐利的伤害,她像是从高高的空中一下子坠进了深海里,无处可逃的目光让她窒息。她原本是所有人都喜欢的对象,但是现在什么都没了。从前那个光鲜又亮丽的她已杳无音信,取而代之的,是这个被烈火燃烧成余烬的她。

好多东西似乎从一开始就已经注定了。

并不像那些励志文章里所说的,只要努力就可以改变一切。

有些事情注定是一辈子都无能为力的，是即使在余生里用多少时间和努力去修补都徒劳无功的，是一辈子都摆脱不了的枷锁和桎梏。

例如贫穷，例如疾病，例如家庭。

对呀，我们有什么错。

像一场闹剧似的，谁对了谁错了，在人们眼中并不是那么重要，重要的是他们相信那是对的还是错的。之后某一天他们发现原本相信的是错的，但也早已事过境迁，人走茶凉，再多的真相都已失效。

宁瑄模糊的视线重新聚焦在安河的身上，他没有执拗地质问她，也没有再掀开她的伤疤，他们就这样对视着。她看见他的眼眸里有千言万语，却不忍向她诉说。

"安河，我的事情跟你没有关系。"

她唯有这样确切地和他划出一条界线来，才能确保自己已经离以前很远很远了。

这时，安河站在雨里面，有雾气细细起落，他朝她温柔地绽开了笑容。

宁瑄，在你不喜欢自己的时候，让我喜欢你吧。

06

仿佛是对自己宣告似的。

从那天起，安河就没离开过宁瑄的身边。

在别人的眼中，似乎只是校花女神又多了一个愚蠢的追随者，等到哪天觉得腻了就会放弃的过客。只有安河自己知道，这个负隅顽抗的执念从此在胸腔扎根，不可遏止地生长出庞大而混乱的根系，每一下心肺的跳动都能让这株名为喜欢的植物再茁壮一些。

即使宁瑄从来都不看他一眼。

每一次宁瑄拒绝他的时候，安河便喝得烂醉，然后去找林微然。

林微然曾经这样评价过安河。她说他骨子里就有一份刚强和义气，看不惯那些不公的事情，又总是为了那些事情搞伤自己。他期望自己永远强大，能够永远保护身边的人。其实他也只是希望有人需要自己，有人依赖自己，这就是他建立自身存在的方式。

她问过他为什么那么喜欢宁瑄。

他说："有一种人吧，你就是看不得她受半点儿委屈。不管她是不是属于自己，但你只要见到她受委屈，你就觉得自己不是个东西。"

"你傻啊？"

"是挺傻的，可怎么办呢，我就这么喜欢她。"

她举手投足假装成有钱人家的孩子，笑得艳丽而温润，一言一行都渗透着美好到虚假的气息，像是不小心打翻的蜂蜜罐子，连空气都充斥着甜腻滞胀的气味。她对所有人都友好，为的不过是想从对方口中流传出对自己的称赞，能使她在众人心中的地位不断地提升、巩固。她会在听见这些称赞后在暗地里偷偷窃喜，也会花一点儿小聪明把能与自己相比的对方给压下去。她会撒一些小谎去填充自己千方百计设计出来的人物设定，去过哪里旅行，收过什么贵重的礼物，爸爸妈妈如何待她好，这些都不过是她在大张旗鼓地宣示：你看，我是一个多美好的人。她花尽力气到处修补自己身上的坑洼，努力去遮盖那些跟从前有关的痕迹，其实说到底，都是因为她在心里从不肯真实地正视自己。

现在站在所有人面前的宁瑄是假的，却也是最真实的她。

是她拼了命想要塑造出来的人物设定，也是她最向往的样子。这个渴望美好如同向阳而生的植物般的她，也是最真实的她。

安河觉得其实每个人都一样。

我们都渴望得到谁的关注，也都渴望被疼爱，都想成为人们眼中所谓美好的存在，所以他并不觉得宁瑄这样做有什么可笑的地方。有时候他也会想,本质上他和宁瑄是同一类人。他天天打架不回家,不想面对父亲和继母,天天靠着保护别人得来一点点安慰和认同。只是他和宁瑄对于缺爱的表达方式不一样。

所以他并不怪她。

尽管她永远拒他于千里之外,总是对他说:"你能不能离我远一点儿。"也总是担心他会在别人面前暴露她的秘密。于他而言,她不过是个面对千夫所指,默默地陪同母亲一起下跪,脸上梨花带雨而不施胭粉的女孩儿。

有些记忆像是被封尘在那久远腐朽的金属铁锁后,伸手去开启它时还会扬起一把横飞的灰。那安然伏卧在角落里的心事,从未被谁知晓。

不过是一个日光绰约的午后。

那一刹在时光里定格的身影从此不再晃动,清清楚楚地被烙印下来,剪裁成可爱的模样,从此被缝进谁的心上。

夏日几近的黄昏,女孩儿孤零零地坐在小区公园的秋千上。

有其他男孩儿女孩儿走过来,并没有和她说一句话,就合力把她拉起来,推倒在一边,顺势霸占了秋千的位置。

"你们——"

她生气地喊住他们,他们一脸不屑地说着:"别理她,谁理她谁倒霉。"

她在众人面前连话都说不了一声,毕竟说话也是需要有听众的。自从家里出事之后就再没人正眼看她,仿佛当她是幽灵。

"你们找打是不是?"

不知何时,她的身后站着一个一头乱发的少年,嘴角贴着创可贴,声音霸气又傲慢。

男孩儿走近,把坐在秋千上的人揪起,然后推倒在一边,自己坐在秋千上,其他人见状也不敢多吱声,把人扶起来就结伴离开了。

安河伸手把她扶了起来,把秋千的位置让给她。

"嘿,我叫安河。"

少年双眼里有星星万千,身后旭阳若影,映得他的笑容透满温灿花火。

他怀有坦荡与温柔,须臾间,便使未曾开垦的山川覆满生机。

在女孩儿搬家之前,他是唯一与她说话的人。

多年以后,他仍不负这场遇见。

07

高三家长会那天,宁瑄被选为班代表去接待来校的家长。

安河作为被老师"重点关照"同学名单中的第一位,迫不得已地去帮忙布置场地。

各班的代表都在校门前整理好自己的仪容,准备迎接来校的家长们。今天不只会在家长会上拿到自己模拟考的成绩,老师更会借此机会跟每位家长详谈学生在校表现以及未来选校方向等。

远处,宁瑄看见自己的母亲也来到学校了,马上向前迎接母亲走向自己的教室。

回到接待家长的位置前,安河一蹦一跳地跑到她的身边,与她并肩前进。

"好久没见到阿姨了。"他转头和宁瑄搭话。

宁瑄冷淡地转过头看他一眼,没有回应。

身旁的女同学指着她妈妈的背影说:"咦,你妈妈长得好漂亮啊,果然是家庭基因好。"

"对啊!可是怎么每次都只有你妈妈来家长会啊?"另一位同学探头询问。

"呃……我爸爸公司很忙,经常要出差,所以……"她捏住手心,眼睛不敢看站在一旁的安河,"……所以没有时间来。"

宁瑄稍稍涨红了脸,有什么被她硬生生地强塞回去,只能死命地把它憋进心房。

有些事情一旦有了开头,后面就会变得非常轻易。

许久以前当她开口说了第一个谎,就发现说谎似乎没有想象中那么困难,然后反复地练习,把恶人的举动变成日常。终于她不再为撒谎而顾虑重重,甚至有时还会把撒过的谎误以为真的像自己所想的那样,纯粹又美好。

如同等待被昆虫分食的甜腻蛋糕。

"不是吧——"

有一个突兀的声音从她们身后响起,是一直坐在不起眼角落里的一个女生。

宁瑄有点儿错愕地看着她,快速地从脑海中搜寻她的脸孔。

她记起来了,是初中班上的一个同学,之前因为高中被分到不同的班,所以一直没有机会碰到面。如今她突然开口打断自己的话是什么意思?她是要拆穿自己吗?怎么办?该怎么把这次的谎顺利圆过去呢?

瞬间,宁瑄的脑中排山倒海而来的混乱思绪使她心慌意乱。

"我记得你爸爸不是——"

那女生直勾勾地看着她,没有一丝退让的意思。

她能感觉到对方百分百不怀好意,那种敌意像是迅猛明锐的矛刃迎面而来,劈斩在她精致清脆的透明玻璃外壳上,随时随地碎得四分五裂，望风披靡。

宁瑄的瞳孔不安地闪烁着。

"方玲瑶，你认识我爸啊？"

安河在一旁顺口接住了方玲瑶的话，一边挑眉望了宁瑄一眼，短短一瞥却能把她从惴惴不安中一下子拉出来。

"我不是——"方玲瑶显然没有想到安河会介入，气急败坏地否认，"安河你——"

"你不是啥？你看看我们班的家长都到啦！"

安河指了指学校大门处，顺水推舟地把她支开了。

在所有人的面前，她几乎都是紧绷着一根弦，需要完美地把一切装得泰然。这样尽善尽美的模样被她打理得不染一缕尘土，也容不得一丝缝隙，如此无懈可击的她却总是在他的面前土崩瓦解。

宁瑄很多时候都觉得疲惫，也许是面具戴得太久，久到她根本分不清哪一个才是自己真正的样子，抑或自己真正的样子就是虚伪和虚荣吧。

她知道安河说得都对，因为太正确了，像是裸露在紫外线底下腐烂的伤痕。所有的狰狞寒碜都被一览无遗的时候，她便无处可逃。他总是能一眼就看穿自己，而自己所有的努力和伪装在他面前全都不值一提。

小时候那些人说过的话也总是萦绕在她的耳边，有些碎痕已经内化成身体的一部分，几乎是反射性动作，一有人提起，她就不由自主地想要避开。

始终像是一粒搁在眼里的细沙。

包括安河的存在也是。

她记得，她什么都记得，从和他的相遇到重逢，她都没有忘记。只是他和自己的从前有着难以割舍的重叠，只要见到他，那些记忆就会再次攻城略地，将她禁锢在腐蚀蠹蛀的过往里，动弹不得。她始终没能离开旧时光中的自己，她只是假装那不是她而已。

衣服底下是手机讯息震动的提示声。

——装得挺像的嘛，真看不惯你身娇玉贵的样子。

有些谎言始终单薄得一捅就破。

心里沸腾的恐惧和慌张在蓬勃地生根发芽，随着细小的血管渗透进身体的每一个细胞内，它们跟着急促的呼吸生长和扩张。心一下一下在胸襟捶动着，发出重重的疼痛感，让她喘不过气来。

不能被人发现。

她困难地咽下了口水,心里抑制不住地发出恶毒的抵触,辗转的不安盘踞了整颗心脏,生脓的恶臭松动了龟裂的土壤,只能流向更深、更暗的罅隙,蒙混安生。

08

这个世界上从来不存在侥幸。

那些"说不定不会被发现"的坏念头总有一天会沸腾出水面,而在累积的谎言上必须再堆叠更多的谎言去修补那些坑坑洼洼的漏洞。总会有海浪不曾抵达的荒岛,总有些缺憾始终无法靠幻想和虚荣补足。无法填满的缺口,终有一天会暴露在阳光底下,如同无处遁形的细菌终将被高温逐一杀死。

剩下的,就是那原本残破不堪、支离破碎的骸骨。

被重新放大的缺点,显得比原本还要更丑恶一些。

刚进教室,那些原本欢快迎接她的同学突然一下子都不说话了。

四周的空气瞬间凝结成冰。本来大家你一言我一语地聊天玩耍打闹,可宁瑄一到,所有人忽然都安静下来。她环顾一下四周,没有人迎来向她说话,她的出现像是不小心洒在白纸上的墨水,突兀得让人忍不住皱眉。

从教室门口到自己的座位也不过是短短十步的距离,她每一步都举步维艰。

"有些人讲话真的不能当真的——"

"太可怕了吧!满嘴谎言的家伙!不知道哪句是真哪句是假……"

"亏我们还真把她当成女神啊……"

这些话不偏不倚地传进她的耳朵里,好像故意要她难堪似的。她艰难地往前走着,身旁的目光从未减退。

有一瞬间,耳边的声音仿佛和久远以前的岁月重叠交接在一起。

身后的场景在不停地变换。那也是一个日光灿烂的午后,班上大家的脸孔像是失焦一般,她从未认真去记过那些嘴脸,在她的眼里,这些人都长得相同,不过是一片萧条的沼泽里无数只不断向她伸出的污手,她只能记得他们所有人的狰狞瘀黑。

——就她啊,她爸爸酒驾撞死了人啊!

——听说有人拍到她和妈妈给受害人下跪!

——我的天啊,太可怕了吧!

笑脸和话语都在刹那间扭曲成不成形的区块。

是了,是这些声音。

一模一样的声量和温度,日日夜夜伴随着她前行,如同重担一样紧压在她的肩上,让在那之后的生活每一步都走得踉跄。她想要逃,想要跑,想要拼命地把那些沉重的东西丢掉,可是这些年过去,原来恶魔从不曾远离,她只是在漩涡太久了,久到适应了那些混浊罢了。

妈妈对她说过,不过是一些流言而已,何必在意呢。

只是,有些言语是真的可以给人留下很深的伤痕。说者无心,听者有意,每一句都有可能成为刺伤他人的尖锐武器。这些伤毕竟不会像是流血那样,止血了就能够把事情翻篇,反而会随着时间的推移植入更深层的骨髓之中,和往后的日子形影不离。

原来,这么久之后,她不曾离开过深渊。

头顶是白花花的日光,她的脸色煞是苍白,失去了所有血色。

如同绑在空中的绳索,在时间和岁月的风干之下断裂,宁瑄只能束手无策地坠落。也许是曾经抵达过最高的山川,所以才在坠落的时候如此溃散。

她想,别人也许一辈子都没办法明白,她那么执着且那么努力想要成为大家眼中一个优秀存在的原因。从高中开始到现在，两年多的时间，她为这样的模样付出了无比的努力，现在她重新回去了，回到那个被众人嫌弃的自己。

你说，一个浑身黑暗的人，见过万丈光芒的星河，又怎么甘心回到那个阒寂无声的荒原。

怎么甘心只有自己浑身淤泥。

——是不是你说的？

——是又怎么样？敢做不敢认啊？

有一些恶意在暗涌里翻腾，流向未知的深处海域。

09

午休。

教室里空空如也，大家都出去吃饭了，徒留窗边的日光把尘埃照得飞扬。

宁瑄探头环顾四周，确认教室里一个人都没有，默默地走了进去。她想了想，数算着排数和位置，缓缓地走到一个毫不熟悉的位置旁边。

心情混乱得如同毛线纠缠不清。

她把手伸进口袋，摸到了有钱校草男朋友送给自己的项链。

屏住了呼吸，企图要让时间静止，要将一切的动作都放轻。

午后才有的夏蝉声被屏蔽了声响，只有被无限放大的心脏剧烈跳动的咚咚声，还有关节与关节间摩擦蹭压的声响重重地打在她的耳膜上。

她攥着项链往那座位的抽屉里伸去——

手是颤抖的。

她不由自主地再次屏息凝视，每根神经都高度绷紧，不过是一个简单的动作却因为背后的动机而使一切变得无比艰巨和危险。

"你在干吗？"

突如其来的质问使宁瑄的身体在高度紧张中遽然凝固，身体反射性地一震，项链轻轻落地。所有在阴暗逼仄的死寂里发酵的恶意，瞬间被人尽收眼底，一览无遗。

满脸通红，身体像是被蚂蚁爬过般燥痒。

安河朝她步步靠近，看见她鬼鬼祟祟地在方玲瑶的座位旁不知道在打什么主意。

宁瑄僵立在原地，紧绷的情绪像是过度发力的橡皮筋，一瞬间崩裂开来，只剩下没有弹性的裂口久落不下。

他看着掉落在地上的项链，似乎明白过来。

安河眼神直愣愣地瞪住她闪躲的目光，压住自己的愤怒："宁瑄，你告诉我，你想干吗？！"

猝不及防被捕捉的现场，她想逃跑，如同最丑陋腐烂的肉被暴露在最明亮的阳光底下。

"宁瑄你——"

宁瑄急促地把掉到地上的项链捡起，塞进自己的口袋，然后一声不吭地越过安河，准备离开。迈出脚的第一步，迎面撞到刚回到教室的方玲瑶。

方玲瑶睁大眼睛不屑地望着她，轻蔑地说："宁瑄，你来这里干吗？"

宁瑄咽了一下口水，双手微微地颤抖着，有话哽在喉咙却说不出来。

"当然是来找我的啦！怎么？你有意见吗？"身后的安河见状马上说道，然后走到宁瑄的身旁，拉起她走出教室。

宁瑄僵硬的身体被安河牵着走出了教室，她一言不发地跟着安河，一晃神，已步行到操场的角落。

安河缓缓地放开拉着她的手。

宁瑄这时才抬起头看他，话语中稍有难色："安河，我的事情跟你没有关系。"

"宁瑄，我知道他们说的话对你造成了很大的伤害，但是你也不能因为这样就去陷害方玲瑶，你这样是错的——"

对于宁瑄的一切举动，安河在这之前并没有感到讨厌或生气，他认为这不过是她的一种生活方式。她向阳而生，说穿了，不过也只是想要长成美好的模样罢了，那又有什么罪。我们所有人都向往美好，不是吗？

只是这种伪装的可爱，却想要伤害别人，他不愿意见她成为这样子的人。

"错？什么错？对，我这样是错的。那他们就对了吗？其他人就没有一点儿错的地方吗？"

宁瑄最后一道坚强的防线在这一刻缓缓崩溃。

"我不是这个意思——"安河有点儿不知所措，他少见她如此难受的样子。

她从未忘记过那个跪在众人面前的女孩儿。

"是我们对不起你，我们给你道歉——"

母亲猝然拉着她,把她的身子也用力地按下去。她受不住母亲的力道,也跟着一起跪了下来。

"妈——"

女孩儿的膝盖还流着血,她哽咽着喊道,所有的委屈和不甘都在这一声后倒溯回去。

"我们到底做错了什么。"

我们做错了什么。

我做错了什么。

"每个人都想成为一个好的人,有好的家庭,有好的生活,我这样做有什么错?"

她抬起眼眸,泪珠慢慢地滑落。

"没错,你是没做错,只要你觉得幸福,只要你快乐。但是你真的快乐吗?"

他放软了语气,心底是一片柔软和疼惜。

然而,她无从回答。

安河低头凝视着她,声音轻柔:"你得到了很多人的喜欢,就算你不伪装,不说谎,不假装成一个女神的样子,也依然会有很多人喜欢你,你同样优秀,同样美好——"

"他们喜欢的,是我让他们看到的我,"宁瑄毫不犹豫地打断了安河的话,言语中藏着淡然和决绝,"而这个为了让大家喜欢而掩盖浑身破烂的我,在别人眼中根本不值一提。"

安河静静地听她说话。有一瞬间,他觉得她不再是那个总被人欺负却又默不吭声的女孩儿了。

"那么,那些喜欢你的人,就毫不重要了吗?"

他仔细地望进她的眼里,很久很久没有移开目光,眼中却满是失望和落寞。

宁瑄的心猛然一震。

第一次认真地去看待面前这个莽撞却坦荡磊落的男孩儿。

所有人都羡慕她的好,却从来没有问过她快不快乐。

拥有了别人的喜欢,就能够快乐了吗?

然后,安河出现了。

带着他的憨厚和耿直,带着他的炽热和温柔,重新回到她的面前。他知道她的过往,知道她光鲜亮丽的谎,也知道她所有作茧自缚的伪装。

他没有拆穿她,就只问了一句"你快乐吗"。做了这么多,得到了这么多之后,你快乐吗?

阳光毫不留情地打在她的身上，拖曳出一地顾长的影子。

一条迤迤长长的路，走得她气喘难挨。有时候她也知道自己背负的事情太多，竟从未了解自己最真实的快乐来自何处。她不想承认他说的话，这样就证明她一直以来的努力都是白费，可是听见他说那些话时，却忍不住掉下眼泪。

是的，她不快乐，她也不曾喜欢自己。

日子总是让人对于现状麻木，当她习惯一切美好与明亮的称赞时，她总是会忘记一些最根本的道理，或者说最内在的自我。

她以为尽力成为一个发亮的人就能掩盖所有不堪。

一如既往，其实她并不喜欢自己。

那一天晚上，她收到安河的讯息：

> 宁瑄，我喜欢你，不是因为你后来成为多么优秀的人，而是因为是你。所以我希望你也能喜欢自己，像我喜欢你那样。

10

只不过是回到那时候而已，没事的宁瑄，没事的。

你一定可以熬得过去的,一定可以。以前你也是这么走了过来,这次你也一定可以,可以像以前一样走过所有的坎。

站在学校门口,她给自己做了很多心理建设。直到最后一刻,校内铃声响了起来,她才鼓起勇气往大门走去。

初中的时候因为家里发生了那件事,之后有很长一段时间被同学们排斥,毕竟大家都已经知道,就更加不可能当作什么事都没有发生。因此,她选择另一所较远的高中,并决定隐瞒所有的事情,假装自己来自很好的家庭,有很好的背景。她没办法再过着像从前一样的生活,再后来,谎言需要用更多的谎言来掩盖,不知不觉就更难回去了。

只是,那些偷来的快乐和美好,终究还是需要归还的。

回到教室时,果不其然有人在议论宁瑄的事情,而且还是坦然地说,即使她本人已经在现场,也一点儿都没有想要收敛的意思。

"最惨的不是景如吗,和她是那么要好的朋友,原来高中这两年多都在被骗!"

"真的假的啊?连景如都不知道她家里的事?"

"哇!要多会装才能够连自己的好朋友都骗过去……"

"景如太可怜了……掏心掏肺却交了个假朋友……"

宁瑄缓缓地走回自己的位置，目光跟着同学们一同望向坐在窗边的景如。

景如看见她来了，没说什么，低下头做自己的事情。

她知道她欠景如一个道歉。

等到大家都去吃饭的时候，宁瑄静悄悄地去找景如。

景如在自己的座位抬头看见她来了，眼神有点儿恍惚，两人对视着，谁也没有先说话。

有时候是这样的吧，比起陌生人，跟自己亲近的人说些心底话也许更加困难，总是太在意对方的感受，以致很多事情说不出口。

"我……"宁瑄在寂静的空气中发出零星的声音，"景如我……"

景如默默地注视着她，看她的目光太过于用力，眼眶在微微地发红。

"对不起。"

她好不容易才能说出这几个字，一说完，她竟觉得无地自容。

景如眼眶更加红了，她忍住眼泪，声音有点儿愤然："你……你为什么要骗我！"

这么说来，宁瑄从来没有对任何一个人分享过自己的故事、自己的家庭、自己的盼望和向往。她觉得这个世界就像她想象的那样，所有人知道了最原来的她是什么样的，就会开始远离她。这是她这几年来最深切的感受。这种感受在她的生活中无处不在，所以她会不由自主地把一切都藏起来。只要藏得足够好，就不会被人发现。

对她而言，别人的话是如何狠狠地伤害她，又是如何导致她后来的偏执，她从没对谁诉说过，所以别人也永远无法了解这样的她。

或许说，她没有给过任何人机会去了解她。

景如听她说起曾经的故事，又悄悄地为她流了眼泪。

"所以，上了高中之后，我就在想，我一定要拥有新的生活。我不想成为那个所有人都排斥的女孩儿，我要成为所有人都喜欢的存在，后来就越来越难以割舍那个别人喜欢的自己……"

宁瑄说着说着，自己也觉得可笑，不过现在大家都不待见她，她也就没有什么后顾之忧了。这样子和景如诉说，她反而感觉到前所未有的轻松和满足。

"那是因为你总是假设别人想到的是不好的你，其实没有人看轻你，是你一直在看轻你自己。"

景如抽泣着，轻轻握住了她的手，传递自己的温度给她。

"你不能让所有人都喜欢你，但你能让自己喜欢自己呀。"

喜欢自己。

让自己去喜欢自己。

11

无论多少过错，都要重新来过。

后来回想每个阶段的自己，好像都是这样的。

总觉得一些坎过不去，有些伤不会好，有些远方到不了，但最后也都这样一步一步走在路上，不紧不慢、不卑不亢地来到了这里。所以是这样的，总会有路的，要去走走看才知道。我们可以不断地自我怀疑，不断地原地打转，但是，别放弃就好。

高三比想象中过得更快一些。

当宁瑄重新审视自己的问题，发现原来不去讨好别人说不定是件更轻松也更快乐的事。

她不用再为了假装的好背景而慌慌张张地修补那些谎言的漏洞，也不需要时时刻刻用最好的状态去面对人群。那些一路以来背负在她身上的重担正一点一点地被她沿路放下，她镇定自若地走进未来。

她依然没有办法堂堂正正地去面对安河。毕竟对于她而言，这个男孩儿是帮助她最多，也是她亏欠最多的人。她能想起那些对他残忍的片刻，也能想起他每次转身过后落寞又失望的脸孔。他见证了她的优秀和颓落，也目睹她的崩坏和改变。正因为这样，她才没办法坦然面对他。

在她成为更好的人之前，她只能独自一人去闯。

毕竟，喜欢自己真的是一道又艰巨又反复又漫长的题。

离开时，她早就知道自己的成绩能够考到南方不错的学校。

她想着，也许她以后再也不会遇到像安河一样的人了。

那一天晚上，安河来找她的时候，她难得没有赶他走。

两人少有地并肩一起在学校的操场跑道散步，这也是第一次宁瑄没有敌对他，而是收起了所有的尖锐和锋利，恍如变回了多年前被人欺负就会哭泣的小女孩儿。

宁瑄终于可以卸下那些虚矫的伪装，堂堂正正地面对安河。

她感到前所未有的心安和舒适。

他们并肩走了一小段路，中间谁都没有讲话。夜风送来一点儿微妙又燥暖的气息。

安河想了想，假装自然地先开口说："开始做回自己的你，笑得比从前快乐一点儿了。"

"是吗？"宁瑄接道。

"嗯，感觉有点儿不一样了。"

安河转过头仔细地凝视着她。

她还是那个灵眉秀目的她，还是那个做什么都优秀又夺目的她，可又不是那个她，不是那个强迫自己要成为最好的那个她。

"听说你要考南方的学校？"

"对啊。"

"挺好的。"安河有些失落。

宁瑄停住了，听出了他语气中的异样，她盘算了一下，最终还是开口问了："以后……我们还有机会见面吗？"

安河为她突如其来的问题怔住了，马上又换上了喜不自胜的神情。

"你说呢？"安河笑滋滋地反问。

"随、随便啊，跟我有什么关系……"

宁瑄别过头来，马上收回自己的目光。

"我会去找你的，你别忘了，你的出现永远改变着我的星轨。"安河依然言笑晏晏，目光温柔。

"……你好恶心。"

"怎么样？我其实也不错吧？"

"滚。"

"哦。"

他们快速地绕了操场一圈,走到校门口准备说再见时,宁瑄缓缓地停了下来,抬起眼眸郑重地对安河说:"谢谢你。"

"谢什么呢?"

橘黄色的路灯把他们一高一矮并肩的影子拖得一地顾长。他们踏在彼此浑黑的影子上,驻足良久。夜色拢住了所有欲言又止的话,拢住了一抹拾花酿春的时光。

那些没说的话,其实他都懂。

——谢谢你。

——让我找回自己。

安河偷偷地把日子记了下来,这天是宁瑄第一次在他面前展露笑颜,对他打开心扉地聊天,说着自己的事情。

只是,一直拒安河于千里之外的宁瑄那个时候没有想到的是,后来真的就和安河在一起了。

世界流转,唯有他始终站在时光的末处,给她源源不绝的温暖。

12

"我可以重新开始吗?"

"一定可以的。"

"你会陪着我吗?"

"会的,我会一直陪着你。"

"我想学着去喜欢自己。"

"你一定要喜欢哦,因为我是这么的喜欢你。"

——将此献给每个不喜欢自己的人·纪念最纯粹的自己

※ 关于安河与林微然的故事,请见《想把余生的温柔都给你》。

想念年少的你

多年前与多年后,他与他,你与我,我们。

01

言哲站在镜子前面。

他看见镜中的自己,穿上西装的样子一身俨然,爽净的短发,挺直的身影,利落的举止,有点儿生疏又僵硬的笑容。他最后一次检查自己的仪容。

恍如要奔赴一场盛大的约会。

走近宴会的场地。

四处被鲜花和气球簇拥着,那红色地毯亮得刺眼,一切变得浪漫又梦幻。在遥远的接待处那里,言哲一眼就看见了宋丞源。

收起了所有轻狂和不羁,褪去了稚气和吊儿郎当,此刻的宋丞源一身笔挺的西装,温厚蔼柔,和言哲想象中的不太一样。在漫长的岁月里,他见过他所有的样子,唯独鲜少见他如此幸福灿烂地笑。

或许这是他今天来这里的目的。

宋丞源从远处就看见了言哲。

他迎上前,一把搂住了言哲的肩膀。

待他松开他的时候,言哲低头微微地一笑,向丞源递去一封红包,接着问:"恭喜啦!新娘子呢?"

"她在里面呢,去跟她打声招呼吧。"

宋丞源拉着言哲边走边说,来到了新娘休息室前面。

透过不大不小的门缝,言哲若有似无地见到新娘忙碌的背影,他没有要进去的意思,就停了下来,静静地看着宋丞源。

"新娘子真漂亮。"

言哲礼貌地微笑,又刻意与所有人都留了一点儿距离,包括他。

他看他的眼神,像极了许多年前的早晨里,坐在他隔壁的位置,他不紧不慢地抬头,眼中却是笑得张狂灿烂的他。

一切都回到了最初的样子。

多年前与多年后,他与他,你与我,我们。

宋丞源和他的姑娘步入了红毯。

那一条长长的红路撒满了细碎的花瓣,如同一路繁花盛开。

那个少年始终没有回头望，一如既往地奔赴更加锦绣美好的未来。

言哲望着这样的他俩，竟也感到前所未有的满足和幸福。

那种感觉说不上来是快乐还是悲伤，就是尘埃落定后的心安吧。

一切都有归处的感觉。

也许世界上很多的事，从一开始就失去了结局。

或者说，很多事情，本来就不需要结局。

02

宋丞源遇到一个奇怪的人。

他来到班上的第一天，就发现同桌是个怪人。

怎么说呢。就是无比的不合群，又酷又冷漠，跟同龄的男孩儿相比，简直就像是……混进鸡群里面的鹤一样，甚至还不屑跟同学们一同玩耍。像宋丞源这种男生，在学校里面就是自带光环的主角，外向、活泼、搞笑、讲义气，是真的很难跟言哲这类人成为朋友的。倒也不是说讨厌他，但正常一个十五六岁的臭屁男孩儿，会自动地回避言哲这一类人。毕竟在最捣蛋、最张狂的岁月里头，还是跟有趣的人玩在一起，才算是青春吧。

宋丞源进到教室，男孩儿们吵吵闹闹的，一见到熟悉的朋友就习惯彼此碰撞一下对方，搂肩勾背地围在一块，讨论下课时间谁与谁组队打篮球，抑或最近推出的游戏谁能过得了最新关卡。

但，言哲除外。

宋丞源第一次见这么懒洋洋的人。

他趴在角落的位置，一动也不动，调整一个舒适的坐姿，尽量规避阳光与玻璃折射出来的角度，寻找出一个最清凉、最适合睡觉的状态，然后缓缓合上眼皮。

阳光是阻止不了他睡着的，吵闹声也不行，他就像是特立独行的人，安之若素地自成一派，与世无争。

当然，宋丞源也没怎么理他。

往自己的座位走去，随手把自己的书包朝椅子一扔。这个动作似乎惊动到了桌椅，因为与言哲的桌子连在一块，恰巧也震到他沉睡的灵魂。

言哲轻皱了下眉头，又翻了个身，微微地表达自己的不满。

只是宋丞源并没有看到。

他转身继续和同学兴高采烈地讨论男生们热衷的游戏和运动，大大咧咧的他并不会那么仔细地注意到其他人细微的小动作。

言哲其实已经醒了。

他半眯着眼睛，闷热的骄阳穿透窗帷，尘埃伴随着阳光四处飘扬，连微小的灰尘都在滚热的日光中显影成形。阳光大幅大幅地映照着教室里的角落，刺亮得他睁不开眼睛。

他依稀透着蒙眬的睫毛缝隙望出去，眼前的少年似是被覆上一阵明亮的光晕，那人顾盼神飞的神情逐渐消散在这样刺眼的光线里。

他看不清他的样子，但心中已生出些许排斥之感。

可谓年少时的误会都在无意中发生。

下课休息前没有说过话的两人，终于在一个尴尬至极的情景下有了初次的对话。

宋丞源刚从学校商店回来，偷偷拿着汽水回到班上。往教室里头瞅了一眼，果不其然，那谁还是趴在桌子上睡觉呢。

刚走回自己座位，身后不知是哪个兄弟用力地拍了一下他的肩膀，吓得他手一抖，手中的汽水不受控地晃了几下，四处飞溅甜甜的液体。

巧了，真的巧了，就洒到了言哲的衣服上。

宋丞源定格在这个动作两秒钟，忽然有点儿不知道该如何应对。

言哲对于突如其来的"飞灾横祸"非常无语，但也终于忍不住了，抬起头来瞧瞧是谁打扰到他睡觉。

此刻他总算能够光明正大地打量面前的少年。

宋丞源一看就是那种人群里的领袖，笑起来灿烂爽快，感觉跟谁都能成为好朋友，言语举止透着一种亲切潇洒。与自己截然不同的个性。

他正正地瞟了宋丞源一眼。

所谓的死亡凝视。

宋丞源有一瞬竟然觉得背脊发凉，明明他不是那种胆小的人，却被一个冷漠的眼神震慑住了。他眨了下眼睛，马上说道："抱歉抱歉！"

然后转身向附近的女同学借了卫生纸，正准备递给言哲的时候，发现他已经默不吭声地走出了教室，脸上不带丝毫笑容。

不好惹啊，这个人。

言哲并不是那种长相凶猛的男生，眉目间反而有着一丝温文儒雅的韵致，只是同样有着孤僻的气场，疏离得让人无法靠近。

完了，他觉得未来的这些日子，他可能不会好过。

03

后来宋丞源才知道,原来言哲有洁癖。

对于言哲来说,那天的事故已经是世界等级的"灾难",所以才会持续了好一阵子,两人都没有任何交谈。

其实对于宋丞源的学生生涯并不会有任何影响,他依然意气风发,依然是众人待见的对象,依然是人群中出众的主角,依然在课余的时候和同学们打闹,依然有时会在教室里面弹吉他。只是像他这种充满好奇心的男生,偶尔也会想,言哲从来不和人来往,会不会感到很寂寞啊,会不会偶尔也希望有人能够走进他的孤岛里啊。

从前的言哲不会。

他对于人与人之间的关系并没有太多的执着,也不怎么期待与人结伴同行,也许是长期习惯了独行,所以变得无所谓。对他而言,陪伴不是生活的必需。起码在这一刻他是这么想的。

直到他们终于有了第二次的交集。

其实也就是在无数细小的日子里一个平凡到不能更平凡的午后。

大伙儿吃完午餐，便三五成群地回到了自己的教室。

宋丞源午休时候拿起自己带来学校的吉他练习了一会儿，转过头又把吉他放在座位上，跑去和窗边的男同学聊天。

不一会儿，言哲也回来了。

他并没有见到那把放在桌子上的吉他，走过座位的时候，不偏不倚地撞上了。

"悲剧"再一次猛地发生。

一般来说，像言哲这么淡定的人，鲜少会被什么事情吓到。只是这一次不同，木吉他重重地从桌面摔到地板上，发出了剧烈轰然的声响，震撼了整间教室里的人。

所有人都停住了手上的动作，怔然地注视着言哲。

木吉他"轰"的一声发出巨大凄切的声响之后，琴柄断然地与吉他分离，撕裂开来一块，"残骸"悲惨地躺在地板上，暗无光彩。

言哲僵在原地，连发梢也紧张得不敢有丝毫摆动。

他有点儿慌。

目光下意识找到在教室一角的宋丞源，暗瞧着他的反应。

宋丞源内心是崩溃的，同样愣住了，但顾及自己在学校的形象，他并没有露出过多不悦的神色，只是轻轻一皱眉头，走近自己残破的吉他。

"对、对不起……"言哲低沉的声音缓缓地响起。

其实宋丞源也不能怎么样,大骂的话就显得自己太过小气了,像他这么爱面子的人,最后也只能洒脱地跟言哲说:"没关系,再买一把就好啦!"

仍然是一如既往的调皮有趣的语气。

然后他就蹲下来收拾自己坏掉的吉他。整个过程,他都没有再看言哲一眼,毕竟手中这把吉他是他最喜欢的一把。

心里面肯定是会有疙瘩的。

在没有人看见的角落里,言哲紧捏着拳头,轻叹了口气。

当宋丞源以为故事会停在这里的时候。

万万没有想到,在他下定决心不再带自己心爱的吉他上学后的第二天,当他到了学校,就发现自己的位置上多了一把和坏掉的吉他一模一样的吉他,新的,干干净净地靠在他的位置旁,像一份充满心意的礼物,等待他拆封。

同桌的那个人似乎事不关己地继续趴在桌子上酣睡着。

宋丞源像个小男孩儿一样快乐地打开自己的"礼物"。

他把簇新的吉他架在腿上,快速地调了下音,就上手弹起了民谣。

趴在桌上"睡着了"的言哲此时听到耳边传来的动听旋律，忍不住展露出一个欣慰柔和的笑容。

然后是一声充满快乐的话——"谢谢！"

"喂，那个，你想要学吉他吗？"

言哲摇摇头。

"学嘛！学嘛！我免费教你！"

言哲一言不发地凝视着宋丞源娴熟的指法，突然也觉得，学校是个不错的地方。

直到很久之后，他都没有告诉宋丞源，这把吉他是他花了很多时间去搜集数据买的，同时也花了他好几个月的零花钱。但是这都无关紧要了，因为接下来的那些日子，他们一直都玩儿在一起。

于是青春的帷幕从这里开始被毫无预警地拉开。

也还好有他，否则一生一次的青春终究要暗淡无光。

04

经过长时间的观察，宋丞源发现言哲确实是个神奇的人。

他上课总是在睡觉，也不喜欢读书考试，可是他从不会不交作业，也不会考试作弊。虽然看上去冷冰冰的，内心却是个善良又礼貌的人。有时候感觉他无所事事，其实他是个很有艺术天分的人，他参加的唯一的社团就是美术社。

某次期中考试的时候，言哲数学考了五分，被老师喊出教室怒训了一顿。

回到教室的他，毫不在意地把考卷塞进了抽屉里。

宋丞源实在是太好奇了，像他这样的数学天才怎么样也想象不出，数学考五分是一个什么概念。于是他伸手悄悄地从言哲的抽屉里拿出了他的考卷。

惨不忍睹啊。

这考卷根本就没法儿看啊，全是红色亮眼的标记。

"阿哲，我勉为其难帮你补习一下吧！不用太感谢我。"宋丞源一脸嘲讽地对言哲说，用一种君王的神态俯视他。

言哲挑了挑眉，平淡地说："不用。"

"嗯？你这样子没法儿去好的大学哦！"宋丞源继续调侃他。

"……哦。"

其实言哲根本不在意，他对于未来没有太多的想象，也没有想要去的地方，没有宏大的梦想，也没有远大的志愿。

直到他听到宋丞源泰然自若地说:"欸,我们要一起上大学的啊!"

儿时的所有约定都像是被镶进记忆里的宝石,每回顾一次,都能折射出不一样的光芒。

往后的日子,他总是没由来地想起这个午后,宋丞源无心地说了这样的一句话。经过很多年月的洗刷和稀释之后,他唯独记得那一瞬间他望向自己那明亮期盼的眼神,犹如一束光,反反复复地映在久未开垦的荒岛上。

他曾读过村上春树在书中写到的一句话:"哪里会有人喜欢孤独,不过是不喜欢失望罢了。"以前他不懂得这句话的意思,他就是喜欢孤独啊,喜欢自己一个人,他认为自己是一个例外。多年后,待他真的读懂这句时,他终于无可避免地又回到了孤独里面。

像从前一样。

05

言哲是个孤独的人,这件事从宋丞源第一次见到他就这么觉得。

他不喜欢回家,所以总是下课后流连在外,并不是在做些什么坏事,很多的时候只是去不同的公园,看看天空,看看夕阳,看看这个世界生机蓬勃的样子。偶尔他会带上笔纸写生,偶尔只是戴着耳机,安静地坐在一角,似乎想要逃离这个世界。

他总是这样,疏离又清冷,像是不存在那样。

宋丞源特别记得那一年的盛夏。

暑假里他们时常会约在一起,他弹他的吉他,他画他的画,两人互不打扰,也互不影响。有时候却会很有默契地一起放下手中的东西,然后抓起游戏机,一起打打闹闹地度过一整天百无聊赖的小时光。

言哲会在他家待到很晚很晚才回家。他也曾经试探过言哲,想要搞清楚这背后的原因。可是言哲习惯隐藏自己的秘密,似乎心中有一块陈朽之地,并非谁都可以闯出一片生机。

盛夏里的一个凌晨。

宋丞源毫无预警地收到了言哲的电话,惊醒了他的一宿俗梦。

他艰难地从被窝里爬起来,睡眼惺忪地坐在床边,显然还没清醒过来,软糯的声音含糊地接了电话:"喂——"

"丞源,有空吗?"

"嗯,怎么了?"

"那你出来陪我一下吧。"

"哦,你等着,我换下衣服。"

这就是所谓的,为兄弟两肋插刀也在所不辞。

他很快就在他俩常去的公园里找到了言哲。

言哲轻轻地靠在公园的休闲椅上,远远看去,像极了一个不知去处的小孩儿。言哲手上亮眼的血迹刺痛了宋丞源,他紧皱着眉头,走近问他:"你怎么回事啊?"

"不小心弄的。"

哈?

像他这么洁身自爱又有洁癖的高贵男子,最好是会"不小心"弄到满手都是血。你在耍我呢!

宋丞源懒得跟他计较那么多,一屁股坐在言哲的旁边。

夏天是个总能掺杂着种种细腻情绪的季节。

好像回忆起来的每段青春碎片里,总是以夏天作为一切的背景,所有灿烂的笑容都虚化成盛夏里的一抹阳光,斑驳的树影摇晃着你我的身影,一路无声无影的脚印被镀成金黄色的亮片,镌刻进人生往后的千万光景,那里有着永不凋谢的传说。

夏天里开了一路的白杨树,永远郁郁葱葱,散发出淡青色的光，在夜风中吹送着，承来闷热躁动的风，迎面烘着脸，记忆被恍惚地唤醒。

一切好像都不需要解答。

所有的迷惘，所有的莽撞和冲动，所有的稚嫩和不成熟，都像是一种在场证明，只是那个最不懂事的年纪里独有的一场巨大的纪念。只有这时的他们，才能如此的义无反顾，如此的乐而忘返。

那一天言哲对他说，父母长期在国外工作，家里只剩他和奶奶两个人。他的奶奶有老年失智症，有时候会不小心伤害到他。

他说这些话的语气像是在说别人的故事，丝毫不牵动到自己的情绪，照常地疏离，像从不存在伤心一样。

可是宋丞源知道，他只是在压抑。在没有人看到的地方，言哲有时候也会默默地红了眼眶。

半夜三点，言哲手上的血已经凝固了，伤口也不疼了。

"你回家吧。"言哲坐起了身，侧身看着他。

宋丞源迎上言哲幽暗的眼眸，回应道："你呢？"

"我再坐坐。"

"那一起啊。"

言哲沉默不语。

"我没办法放弃你啊！"宋丞源转头瞪着他，眼神里却充满了笃定,"否则你会一直一个人的。"

那一年的盛夏像极了一座绝不坍塌的乐园。

只要你想,就可以一直往里头躲,躲过世界的一切锋利和尖锐。只要你想,你就可以永远停留在那里,永远不往未来走去。

夏天是个总能掺杂着种种细腻情绪的季节。

所以我说,"我想念那个夏天"的意思就是,"我想念那个夏天的你"。

06

高三的时候,他们已经不再同桌。

只是班上的男生就是那些人,两人的身高又差不多,所以后来也就一直坐在彼此的附近。

某一天,言哲照常地回到学校。

还没坐下就听见宋丞源和几个男同学在低声讨论着什么。

"欸,你那天看上的妹子,追到了吗?"一位男同学勾着宋丞源的肩,一脸暧昧地看着他,带着一种讨人厌的油腻语气。

言哲微微一怔。

宋丞源轻声地回应："哪有那么快！电话都还没要到！"

男同学见到言哲走来，突然像是想到什么似的，急声道："欸，阿哲也是美术社的啊！那个女生不是美术社的吗？！"

几个男生的目光一下子聚集到言哲的身上，炙热发烫的眼神让他有点儿不自在。

"欸，阿哲，你能拿到电话吗？"男同学凑近，像是密谋些什么大计划一样。

宋丞源转过头来看着言哲，眼神里充满期待。

言哲见状，慢腾腾地说："呃，要不然我试试看好了。"

宋丞源喜欢上一个女生。

言哲一看就知道是宋丞源喜欢的类型。白白嫩嫩的，个子很小，梳着长马尾，清秀别致，神清骨秀，有着一种淡淡的气质，又娇又秀气的女生。

其实也没有费多少劲，毕竟言哲也长得一表人才，加上在美术社里头因为画画厉害而众所周知，所以拿到那个女生的电话并不是一件很难的事。

他手拿着那个女生手抄给他的电话号码，正准备在回家的途中拿去给宋丞源。

他已经能够想象出宋丞源温柔欣喜的神情。

后来宋丞源和那个女生在一起的过程，言哲就没少操过心。

宋丞源是个不拘小节、大大咧咧的男孩儿，从不懂得女生的心思是怎么样。倒不是说言哲比较懂，只是言哲比较善于观察身边的人，至少能抓住一些蛛丝马迹。

他给宋丞源拟定了一个告白计划。

首先，他先约好了那个女生某天下课来到他们的教室。

然后，他们几个兄弟和宋丞源一起布置好教室。当然告白的过程一定要有人在走廊把风。

再者，几个人出了主意给宋丞源挑了一首最甜蜜的情歌，让他弹吉他给那个女生听。

最后，递上拟好的一封情书。

完美计划。

那天晚上，大伙儿暗地里偷偷看着宋丞源对喜欢的女生告白。

一切都按照言哲定下的安排走，没有大失所望，也没有辜负几个兄弟的付出，他们隔着门缝，听到了宋丞源乐滋滋的一句"我喜欢你"，大家被肉麻得鸡皮疙瘩掉落了一地。

就在那女生答应与宋丞源交往的时候，大伙儿都雀跃欢呼起来。

唯独言哲的心像是被石头狠狠地磕了一下，撞出了一个凹凸不平的坑，说不上疼痛，又像是一根不小心吞进喉咙的鱼刺，淡淡的刺痛，鲜明透骨，却会持续很长的一段时间。

好像有什么不再完整了。

言哲默默地离开了学校。

07

那些你以为永远不会过去的日子，正在你毫无察觉的平凡里一点一滴地流走。

待你意识到时间已经略过一路覆满枝丫的树荫来到这里时，你却再也无法拨动钟盘，再也难以搬动岁月，再也拾不起一席流年。

高中的最后一个夏天来了。

他们也不知道为什么那些日子就在吵吵闹闹之中不知不觉地用完了。许多事情来不及去做，许多话来不及去诉说。许多从前无处安放，许多未来无从想象。

时间一直都是狡猾的，从不待你把回忆变成永不磨灭的刺青，不待你把记忆揉进生命，不待你存放好所有珍贵的过往，就固执己见地往更遥远的未来去了。你不能独自滞缓在原地，时间会带你走，带你走去更新、更未知的地方。我们无从选择，只有徒留一路的懊悔。毕竟我们没有时间强悍，我们敌不过庞大的时间本身。

但是啊，我永远记得你说的话，我们总不能万古长青，所以我宁愿相信时间总归是好的，我宁愿感谢时间让我与你一同走了很远很远的一段路。

毕业那天，宋丞源有吉他表演。

在言哲的记忆中，他永远都偏爱这一天。

倘若要在千万张照片中挑选出他最爱的一张，那他必定会选择这一天，被他偷偷撕下的扉页，偷偷隔着时光，偷偷地珍藏。

一定会有这样的片刻。

那些无论你在来日方长的余生里回想多少次，都能轻易地找回当初的悸动，都能被当时的那一幕所感动。一定有的，一定有些片刻，你舍不得忘。

言哲站在台下看见被沸沸扬扬的欢闹包围着的台上的少年依旧英姿昂然，甚至比以往他见过的任何时刻都更加亮眼。他突然觉得有点儿骄傲，就是那种，你看，那是我的好朋友啊，他又帅又聪明又厉害。之于他，他总有一言不尽的憧憬。

有些纪念一直都只属于自己。

言哲不是一个喜欢与别人有肢体接触的人,似乎是对于人也有所谓的洁癖,只是这一天,他破天荒地拥抱了高中的同学。

为了拥抱一个人,他把所有的人都抱了一遍。

高中的最后一天。

下了一场瓢泼大雨,前所未有的暴雨。他们最后一次穿着校服。当下课钟声响起时,他们冲出了人群,跑出了学校,淋得一身湿答答的,却是绝无仅有的快乐。

他们要成年了,要走进更大的世界了。

"干杯——"

觥筹交错之间,是未来与现在碰撞的声音。那时的他们都向往着长大,都想要成为厉害的大人,只是他们都没有想到,长大也意味着他们未曾想过的残忍。

那一年,他们丢了校服,丢了试卷,丢了每天一起上课的时光。

那一年,他们开始学着像大人般喝酒,学着像大人般假装成熟,学着像大人般抛开往事向前走。

关于那一年的所有记忆,都是湿润的,都是美好的。

只要回想起,就会热泪盈眶的那种美好。

08

宋丞源不负众望考上了那里最好的大学。

言哲呢,在他的帮助下也考得不是太差,而且两人的大学相隔得并不太远,还是会隔三岔五就聚在一块打闹,跟从前没有差别。

他一直觉得自己是幸运的人。

人们说,成年后的世界会渐渐地变得复杂,所有的感情关系都会掺杂许多现实的因素,人潮中那么多的来来往往,很少有人真的能陪你走到最后。萍水相逢是世间的常态,陪伴一程是值得感激的事,陪伴好几程则是很大的福气。所以言哲觉得自己是个很幸运的人。至少到了这一刻,他觉得没得到更多,也已经使他足够满足。

大一的时候,宋丞源和他的初恋女友分手了。

原因竟是出自言哲。

就在他们俩相恋三百天纪念日时。

那天他订了一家很高级的餐厅，提前准备好纪念日礼物，还穿上新买的衣服，想着约会结束后可以拍照片留个纪念。

本来气氛好好的，突然，宋丞源接到一个电话。

是医院打来的，说得紧急又含糊不清，大概的意思就是"言哲出了车祸，他的通讯录里面只存了这个电话号码"。

宋丞源听到的时候水差点儿喷出来，脑袋里千万种此起彼落的想法突然像是潮汐涨落般一同迸发出来，大抵都是跟生死有关。有一瞬间他觉得自己脑袋缺氧，心脏像被遽然挖空一样，槁木死灰。

他是恐惧的，毕竟言哲对他而言是很重要的人。

宋丞源顾及不了那么多，拿起自己的外套，又从口袋里掏出了钱放在桌子上，他跟女孩儿说："对不起，阿哲出了点儿事，我要去找他。真的、真的对不起，我们改天再约。"

女孩儿甚至还来不及反应，眼前这个脸色煞白的少年已经不见。

宋丞源忘了自己是怎么赶到医院的。

他一路跌跌撞撞，跑到医院前台说出言哲的名字时，声音都是颤抖的，喘着气的他心口一阵阵地闷痛。

然后护士指了指某个病房，他急急忙忙地冲了进去。

言哲一脸惊愕地看着他,像是看一出闹剧一样滑稽可笑。

"你不是出车祸了吗?"宋丞源忍不住在病房里怒吼了一声。

"是,但我没怎么受伤。"言哲被他突如其来的吼声吓到,徐徐地回应,"我奶奶到处乱跑,我去找她的时候不小心出了点儿事……"

"那奶奶……"

"她没事,我不小心擦撞到一点儿,医生让我留下来观察一下。"

"哦。"宋丞源没好气地回答。

仿佛是橡皮筋在极度绷紧后的松弛,他整个人没了所有力气,一声不吭地瘫坐在病床旁的椅子上,突然有了想哭的冲动。

言哲怔住了,凑过去看宋丞源微红的眼睛。

宋丞源觉得言哲好烦,别过头去。

这时宋丞源的手机响了,他低头看了下讯息,是女朋友传来的。

那个女生对他说:

你为了言哲而放下我这种事情已经很多次了,有时候我搞不清楚自己在你心里面到底重不重要，我们不如分手吧。

他现在是彻底地哭了。

宋丞源想不通，为什么所有事情都非得要分一二，好像一定要有了排名才显得事情足够珍贵和重要，可是我们活在世界上，怎么可能只有一件事是重要的。

后来才悟出个道理。

我们从来都不需要帮感情排次序。

任何一种感情在我们的生命中都同样重要，亲情、爱情、友情，这三者从来都无法正确地去区别和界定，像是亲情偶尔会掺杂友情的成分，像是爱情走到最后变成亲情那样，像是友情也会有着如同爱情般的占有欲。本来世界上所有的情感都没办法去定义，是人愚昧地自以为是将它们划分了界限，才使得一切昭然若揭。

那天，宋丞源陪言哲在医院待了一个晚上。

在所有人熟睡过去的深夜，言哲意外地睡不着。周遭充塞着人们安稳平均的呼吸声，平静而沉寂，幽邃地掩盖了所有低微的心事。

他看着宋丞源的睡容，忽然不由自主地想起许多高中时候的场景，往事历历在目，好像时间不曾往前走一样。

只是那些曾经,曾经离自己很近。

宋丞源曾经抱怨过。

言哲画过世间万物,画过星星点点的夜空,画过夕照如醉的日落,画过旬月绵延的雨天,画过他眼中见过的良辰美景,唯独不愿意画他。

其实啊,他没告诉他,他有画过的,只是他觉得自己永远画不出心中的宋丞源的样子。画不出他的明眸皓齿,也画不出他的簇簇耀目。如同文字失效的瞬间,他复制不出他的美好。

这些心事终究还是会下落不明的吧。

当然宋丞源对于失去初恋的痛苦并没有持续很久的时间,就热衷于各种与隔壁大学的联谊聚会。

言哲知道,宋丞源一直都是个喜爱热闹的人,他忍受不了寂寞。

于是宋丞源嘴巴上总是以初恋是因为言哲才分手的这件事作为胁迫的理由,强迫言哲陪他去各种盛大的联谊派对。

"去嘛!去嘛!"宋丞源在一旁威逼利诱。

"不去。"

宋丞源挑了挑眉,又不怀好意地说:"如果遇到好看的女生,我可以帮你啊!"

言哲斜眼看他,冷淡地说:"不要。"

"唉!就是因为某人,我才会失恋……"

言哲不喜欢热闹,不爱走进人群里面,不爱与人接触,但是无论几次,他最后都会答应陪宋丞源去参加那些联谊聚会。

因为那个人是他,所以愿意妥协。

我们总是愿意为了在乎的东西妥协。

哪怕对方毫不知情。

09

言哲从不乏女生喜欢。

像他一样又高又帅的男生,在他这个年纪早就交了无数个女朋友了。只是他对于爱情并没有什么概念,准确来说,他对于人与人之间的关系并没有太多的执着。人会来,人会走,无论有没有人,他还是会步入更遥远的未来。

人的一生会拥有许多,而爱情不是他的必需品。

有次,宋丞源听到一个关于言哲的八卦。

在言哲就读的艺术学院里,言哲曾收到许多美女的告白,只是每一次都被他狠狠地无视。对此，他们一群兄弟见怪不怪，毕竟在他们看来，言哲是对世界上所有事物都不感兴趣的人。

然而在大三的时候，言哲被一个女生展开一连串猛烈的追求。

对言哲来说，这简直是"酷刑"。

虽说有教养的言哲从不会因此而骂脏话或是说出什么伤人的话，但他终究还是忍不住了，决定跟那个女生说清楚。

他是这样拒绝她的："我已经有喜欢的人。"

不得了。

这件事不仅仅在言哲的学校传开来，甚至还不偏不倚地传到了宋丞源的耳朵里。

为了这件事，他号召了高中时的兄弟们，打算对他"严刑逼供"，逼他说出那个人到底是谁。因为，这么多年来，言哲总是看着他们的八卦，总是一副置身事外的神情，看他们每个人为了爱情焦灼，自己却像是看好戏一样。

"说！到底是哪个女孩儿？"

宋丞源用手臂紧扣住言哲的脖子，稍稍用力，言哲就紧皱眉头。

言哲不说话。

"你到底喜欢谁啊？"宋丞源死死地扣住他，声音低沉而故作凶猛，"我怎么不知道啊？"

言哲下意识抿了抿嘴唇,刻意地推开了宋丞源搭在自己肩上的手。

他说这话的语气,隆重又神秘:"就不告诉你啊。"

10

所以,多年之后,宋丞源也依然无从知晓这个秘密。

言哲优雅地坐在嘉宾席,淡淡地散发出一种朴素清新的俊气,安静地望着新郎和新娘。从远处看去就像是看着一个美好的童话故事没有惊喜地往大家期待的方向发展,童话故事中的主角笑得灿烂如花,无论多俗套的画面也依然美好得让人忍不住嫉妒。

他竟看恍了神。

手上那张写着宋丞源和新娘名字的结婚邀请函上有他画的插画。

原来多年后的他,终于可以自在地把心中的宋丞源画出来了。没有丝毫杂质地描绘出来,即使已经不再是当初少年的模样。

回忆终究像个沉重的藏宝箱,被丢弃在广阔无垠的深海中央。

无数盛夏交织出来的光景都沉没在无人问津的海域深处，从此无人再能提起。

宋丞源来敬酒的时候，言哲为他展开一抹温暖又清澈的笑容。在宋丞源的记忆中，他从未对谁露出过如此真心的笑容。

他忽然想起了毕业那一天的晚上，不能喝酒的言哲刚成年，被大伙儿怂恿灌下了一瓶啤酒，然后醉倒在宋丞源的家里。在那之后，他发誓从今以后不再让言哲喝酒。于是在迢迢岁月里，只要有需要喝酒的聚会，宋丞源都会替他喝，所以他早已经忘了酒是什么味道了。

言哲举起酒杯，一饮而尽。

真想为他醉一次啊。

11

在那之后，他一直一个人，像从前一样。

——纪念一段珍贵的陪伴

悲伤过度是爱

因为你爱我,我好像连恨你的资格都没有。

01

她最恨的人是她最爱的人。

02

在莫妮的认知里,家庭就是这个模样的。

快到六点了。

莫妮会在算好的时间内回到自己的家,打开公寓大楼的大门,经过管理员的接待台,如常地按下电梯的按钮,然后等待电梯到达。电梯来了,她走进去,按了相对应的楼层按钮,等待电梯上升到自己家的楼层。"叮"一声,到了,她走了出去,空荡荡的走廊回荡着她细碎的脚步声。然后在她掏出自己家的钥匙前,门已提前打开,母亲正在家门处,等着她回来。

刚踏进家门,母亲就亲热地帮她把书包脱了下来,接过她捧在手上的课本。

莫妮看了一下屋内,已经做好了满桌子的菜,电视旁是公寓的闭路电视监控屏幕。噢,母亲习惯这样窥探她回家的过程。

"妮妮,你看,我做了你喜欢吃的排骨。"母亲一脸宠溺地说。
"爸爸呢?"
莫妮洗了洗手,坐上了餐桌,默默地吃着饭。
"爸爸加班呢,要晚一点儿回来。"

在莫妮的记忆里,上一次全家三口坐在同一张桌子上吃饭仿佛是上辈子的事,她都有点儿记不清楚了。父亲的工作非常辛苦,总是早出晚归;而母亲是家里的全部,也是莫妮生活的全部。因为父亲常常不在家,莫妮从小就是跟母亲同床睡觉的。

似乎并没有什么奇怪的地方。

"妈,我周末想跟朋友出去玩儿。"
莫妮感觉到母亲的心情似乎还不错,在扒着饭碗的中途,突然冒出这句话。

"哦,好呀!"母亲夹了一块排骨放进她的碗里,接着道,

"是哪个朋友？我认识吗？"

"认识的，苏昀，之前我跟你讲过的那个女孩儿。"莫妮见到母亲的应允，眼睛一亮，紧接着马上解释道。

"那好，你回头把那女孩儿的联络方式写给我。"

"嗯嗯，好的。"莫妮继续看着电视吃饭。

"还有你们几点出去、去哪儿都要告诉我。"

莫妮在母亲面前是没有秘密的。

或许是与生俱来的，不能有秘密的存在。

怎么说呢。

有些关系就是这样，似乎是从一开始就已经定好了相处模式。在往后的成长过程中，这种模式越是随着时间而根深蒂固，就越难以推翻或是重建。彼此早已经习惯了对方在这段关系里的角色，只要一方觉得没问题，另一方就得配合，无从扭转。

莫妮和母亲也是这样。

一方是给予，一方只能是接受。这是她从小就知道的事。

自她有意识以来，她觉得家庭就该是这个样子。

在没看过更大的世界之前，总以为自己眼前的世界就是全部。

那一个周末。

当莫妮和苏昀出去逛街玩耍的时候，莫妮意外地把手机转成静音模式，直到苏昀接到了来自莫妮母亲的电话，她才看了看自己的手机，有二十八个未接来电，以及十五条讯息。

在母亲的简讯里，从不会有"今天吃了什么好吃的啊"或是"开心吗"之类让人觉得温馨的话，而是"你在哪儿""怎么不接电话""是不是出了什么事""我很担心！快回我电话""你怎么都没交代呢"……

莫妮跟苏昀说了抱歉，接过她的电话，温顺地应了声："喂——"

"你刚刚干吗去了？怎么不接电话呢？你知不知道我会担心的啊？"

她还没说出下一个字，电话那头的母亲就着急地说了一连串的话。

"嗯嗯，对不起，我下次会注意。"莫妮尽可能地低声下气来安抚有些暴躁的母亲。

好不容易终于挂了电话。

"你妈管挺严的。"

苏昀无意识地说了一句，尽管她的语气并不是调侃或是嘲讽，但莫妮听进耳里，全都是刺，像是被新买来的衣服后脖处的商标浅浅地磨得发疼，让她无地自容地煞白了脸。

第一次看到世界存在着落差,是初中的时候。

苏昀变成了莫妮的好朋友,无论是上学还是下课,她们总是形影不离,时常黏在一块。母亲也渐渐熟悉了苏昀,所以每次只要用苏昀的名字,就能得到最大限度的自由。

从那个时候开始,莫妮就非常喜欢去苏昀家。

苏昀家没有她的家那么大,甚至堆满了杂物,有点儿凌乱。每次苏昀妈妈听说莫妮要来,就会准备莫妮爱吃的冰激凌。有时候苏昀的爸爸提早下班,他们几个人就会在晚饭过后一起看电视,还会一起玩儿大富翁,谁输了游戏谁就要去洗碗。

噢,莫妮还记得有一次,苏昀喜欢的明星上了综艺节目,他们一家人都陪着她看。她的妈妈还说:"那个明星长得真俊!"

苏昀是个开朗幸福的孩子。从很小的时候,她爸妈就说,多出去走走吧,整天待在家里也不好。

莫妮是从那个时候开始,有了一种叫作羡慕的情感。

原来,正常的家庭是这样的。

温暖而自由自在。

这两个特质,莫妮从来没有在自己家中感受过。

于是她总会贪婪地、肆意地想在这样的家待久一点儿,直到母亲打电话来,让她几点前一定要到家。即使这样,她也会依依不舍地留到最后一分钟,而苏昀的妈妈总是温柔地说:"妮妮,我们下一次见啦!回家路上小心!"

然后她回到家,干净得一尘不染的客厅里,母亲坐在沙发上,孑身一人看着电视。母亲见她回来了,就开始念叨她怎么一天到晚都在外面不回家,怎么好在别人家逗留。不知道为什么,莫妮总觉得自己家里透着一种清冷又荒凉的气息,每一次都忍不住躲进房间。

在家里,她是不能关房门的。

母亲需要时时刻刻知道她正在做什么。

在她上学的时候,母亲会偷看她写的日记,也会去检视计算机里她上过的网站。家里所有关于莫妮的东西,母亲都是知晓的。她不能拥有属于自己的秘密。

"妮妮,你以后还是把头发绑起来吧,我不想那些男生们看你。"

"妮妮,我今天看到这套衣服好好看,你知道的,我喜欢红色,你穿红色一定好看。"

"妮妮,喝牛奶健康,以后每天早上都要喝牛奶。"

"妮妮,不要去公园玩儿了,那些都是野孩子,会把你带坏的,家里什么都有。"

"妮妮,妈妈最爱你的呀。"

"妮妮,你是在爱里长大的孩子啊。"

他们说,这都是因为爱。

他们说,只要是爱,你就要心存感激。

03

在所有人的眼里,莫妮都是幸福的。

她的爸爸会赚钱,家里从不匮乏什么,是小康之家,想要什么,家人都会尽力满足她。她有母亲的疼爱,总是给她买新衣服。陪她念书,做些她爱吃的饭菜。她拥有所有人眼里都羡煞的物质,所以她时常听到人们这么说:你真的很幸福啊,是个在爱里长大的孩子。

于是在悠长的岁月里,她不明白那些在皮下沸腾的厌恶情绪是从何而来。

那一丁点儿大的恶毒想法很久以前就根植在她的心中,被她搁置在内心最隐秘的一块。那一块没有丝毫的阳光照得进去,既潮湿又诡秘,是禁忌之地,是连她自己也厌恶也害怕去经过的神秘森林。

不能的，世界教我们要爱家人，要感激父母养育之恩，要尽孝道。

这一切都是爱啊。

初三的时候，莫妮在下课后和苏昀逛商场时，无意之中见到了爸爸和另一个女人在一起。

她也不知道自己怎么回事，她竟没有感觉到一丝的惊讶。

或许是因为，在她看见父亲的那一刻才发现，她已经很多年没从父亲的脸上看到如此幸福的笑容了。

恨吗？失望吗？难受吗？愤怒吗？不多不少都有一些。可是她知道，她又能怎么样呢，她能走上前扇那个女人两巴掌吗？抑或哭闹着求爸爸不要抛弃她们母女俩吗？又或者是把事情告诉自己母亲，然后隔岸观火吗？无论是哪一种，她都觉得没有任何意义。

也是在这个时候，她懂得世界上本来有很多事情都是无能为力的。

唯有去接受它，像是母亲对于她的偏执，像是父亲对于家的背叛。

后来莫妮回想起来的时候，才默默地懂得，或许很多事情早就有了端倪，所以她很平静地接受了这件事的发生。

人总是被逼着长大的。

那时候莫妮就知道，这个家不会再完整了。

不会再有一家三口快乐温馨地吃饭的画面，再也不会有了。

她忽然心疼了起来，心疼那个在深夜里守着一盏灯，默默地等着丈夫归家的女人，那个除了家什么都没有的女人，那个甚至被自己女儿厌恶的女人。

她的心总是这样毫无预警地疼痛，当她看着母亲的时候。

她回家看见母亲，看见她热切地为自己做了一桌子的菜，替自己收拾好书包的神情，默默地在暗地里红了眼眶。她又不得不花光了全身的力气不让眼泪掉下。

回到自己的房间，她发现日记本有被打开过的痕迹。

第二天如常，母亲叫醒她，桌上放着她喝到想吐的牛奶。

依然穿着她讨厌的红衣服。

照旧没有那些去公园玩耍的记忆，她的童年只待在家里。

她的母亲仍然每天看着闭路电视监控等她回来。

莫妮依然活在这样的生活之中，每天都像极了一个没有情感的精致娃娃。

无数个夜里，她会梦到父亲出轨的画面，然后惊醒过来。梦中父亲的样子如此真实，在她恍神的时候，从自己的脸颊旁摸到一行苦涩的泪。

身旁的母亲一如既往地睡得安稳，微微地打呼。那慈祥的面容在黑夜里没有任何攻击性，像极了莫妮想象中理想母亲的模样。她的眼泪再也止不住了，于是死死地捂住嘴巴，直到颤抖了身体，这样似乎惊动到正在酣睡的母亲，她马上翻过身用棉被盖住自己，不敢有任何举动。

母亲眼神蒙眬地探身看了她一下，继续睡了过去。

莫妮紧紧地裹住自己。她连哭泣的地方都没有。

泪水被她深深地藏在被窝和枕头里。

从那个时候开始，她睡不着了。

十五岁的她，对于一切都无法理解。

她不能理解这样的家庭，不能理解人们口中所说的——她是个在爱里长大的孩子，不能理解这么固执又有占有欲的母亲，不能理解父亲背叛的行为，也不能理解自己对于家庭的一切恨意。

好想长大，长大就能摆脱他们了，长大就能找个地方放声大哭了。

这样的自己，是怎么回事呢？

是从什么时候开始逐渐坏掉的呢？

04

十六岁那年,她谈了恋爱。

是一个叫许诺的男孩儿,阳光、善良、美好,足够支撑她走过很多幽暗的低谷,成为她逃离世界的窗口。她第一次见到世间的美好,就是因为这个男孩儿。

苟且偷安的快乐持续了一年,十七岁那年冬天,所有的美好都被碾碎了。

母亲查看了她的日记和日常所有的蛛丝马迹,终究她还是无法藏住这个秘密,在母亲面前她还是赤裸的。

从那时开始,在遥遥无期的年华她被关在房间里,失去了可以跟外界联系的途径,失去所有可以跟许诺相处的时光,被母亲紧紧地钳制着,以爱的名义将莫妮束缚在家里。她失去了可以飞翔的翅膀,也失去了那个牵着她、陪伴她一路前行的人。

她每天要准时回到家,一分不差。试过有一次迟了五分钟回家,便被抽了一记耳光,倒在地板上,耳朵轰轰作响,分不清东南西北,脸上火辣辣的失去知觉,然后蔓延至全身,连同心脏一起失去了所有感知。

她不再拥有任何课外活动,不能在周末时出门,不能使用电话，也不能用电脑上网。她回到像荒岛般的房间，天天落泪，天天怨恨着世界。面对着偌大的四面墙壁，窗外是钴蓝色的天空，她只有周而复始地温习，埋头做着一份又一份的考题，偶尔抬起头来眼前会出现密密麻麻的文字幻影。还有记忆中他温暖的脸孔，频繁地出现在那一段荒唐的时间里。

她常常在想，仿佛像只宠物一样活着的自己，到底算是什么东西。

她好恨，憎恨着一切。

然而，母亲只会轻柔地摸着她的头，慈祥地对她说："妮妮，妈妈是为你好，你长大了就会明白了。"

什么是为她好？什么是母亲口中所谓的爱呢？

她好恨啊，这算哪门子的爱，这算哪门子的好。

那些被斩断翅膀的日子，她重新回到满布残骸的洞穴里，低微地、没有尊严地生存着，像只失智的兽，继续痛不可抑地生活。被无形的绳绑住的手脚失去了所有力气，不再挣扎也不再反抗，她瘫软在这个毫无生机的家，成为母亲眼中乖巧的存在。

在家庭里面，所有的事情一旦被冠上了"以爱之名"，就没有任何可以转圜的余地。一切都像是命运使然，我们必须接受父母给予的一切，包括一些隐形的钳制和伤害。

只要你有一点儿反叛,人们就会说"真不孝啊""他们是为你好""你怎么这么不懂事",或者"等你长大就懂了"这样的话,但我们算什么呢?那拥有着自己思想的我们,到底算是什么东西?

莫妮很早就已经知道,她一直都是母亲的芭比娃娃。

而洋娃娃是不该反叛它的主人的。

"妮妮,妈妈是真的爱你。"

莫妮听着这些话,不可抑止地想要反胃和作呕。

她的心就在这个反复又压抑的过程中,慢慢地变得荒凉。心渐渐流失所有温热,剩下的被腐蚀蠹蛀的框架也慢慢地坍塌。血液流动过的地方,无声地石化,从细微血管开始,直到整个心脏,肉眼可见地溃烂,变成没有生存迹象的石头。

在最应该生机蓬勃的年纪里,在最充满希望的年纪里,在最青春活力的年纪里,在应该觉得世界充满美好和幸福、充满对爱憧憬的年纪里——

她怎么会破碎成这样呢?

她怎么会丑陋成这样呢?

05

高三那年，母亲得了急性肺炎。

从学校下课后按时回到家，没看到母亲却接到父亲的电话，说母亲住院了，情况有点儿严重，具体情形尚不明朗。父亲因为工作的关系无法到场，要她马上赶到医院去看看母亲。

该怎么说莫妮当时的感受呢。

拿着电话的她，所有的动作静止，乖巧地听父亲说明状况。当父亲交代完毕切断电话时，她顿时失去所有力气，一屁股坐在瓷砖地面上，冰冷得像是感受不到任何温度，如同掉落进一个巨大的黑洞，周遭变得阴暗与模糊，双眼骤然被强制掠夺了所有光线，恐惧抵住了她的胸口。

人的思想真是神奇的存在。

尽管整个身体都归人的大脑所控制，但是唯独想法从来不按照任何公式来进行。我们看到的，我们感受到的，从不是一板一眼的完美指令，而是自然而然的情感所引发出一系列想象。那么，这些无中生有的念头到底是怎么回事呢？

莫妮赶去医院的途中查了很多关于急性肺炎的资料。网络上说肺炎名列十大死因之一，比肺癌还容易致死。她跌跌撞撞地赶到目的地，经过长长的走廊，空气中充斥着难闻的消毒水味，头顶炫目的白光刺痛她的眼。她急促地朝前方跑去，脸上却没有任何感情。

迸发出来的所有情绪之中，她第一个感受到的，竟不是什么负面的东西。

怎么回事呢，这样的自己？

那些躲在神经末梢四处窜动着，明目张胆地肆虐着的臆想，到底是怎么回事呢？

如果——

万一真的——

要是妈妈真的死了——

这些刺骨鲜血的想法暗自滋长，等她回过神来，她已经无法抑止自己掉进浓荫蔽天的深渊里面，明明心脏还在剧烈地猛跳着，但是怎么会呢，她怎么就感觉不到丝毫生命的痕迹呢。

肯定有的吧。活在这个世上肯定有过一些谁都不允许的狠毒想法。

那些被藏在微小的罅隙里偷偷揣测的怨恨，因为不被世界允许，所以就连自己也鬼祟地遮掩着，私自地、无可自拔地、无能为力地琢磨着。

那些从地表深处缓缓流出，滚烫又令人刺痛的如同岩浆一样的恶毒想法，算是什么呢？那些无来由从虚无之地滋长出来的"如果母亲不在就好了"的想法，又算是什么东西呢？那个被恨意和厌恶充斥着，浸泡得体无完肤的自己，到底算是个什么东西？

一个不成形的怪物。

一个连自己都唾弃的存在。

心脏坏掉的那一部分开始朝向明亮的地方大幅地腐蚀着，世界上有些东西就算你竭尽全力，还是无法阻止它的衰毁。于是她一点一点地看着自己的心脏麻木，然后失去知觉，血淋淋的器官逐渐腐烂，然后恶臭，最后满布尸虫，惨不忍睹。

谁才是最该死的那个人呢？

在那之后莫妮时常听见这样的声音，悄声慢语地在她的耳边邪魅地说，掠夺了这个世界的所有声响，正中地敲在她心脏最柔软的位置。

一击毙命。

她一直是知道的，她不是一个值得拥有幸福的人。

毕竟一个丑陋的人又凭什么得到光明的眷顾。

06

后来母亲如愿地痊愈之后,发现了父亲出轨的事。

那一天晚上,莫妮回到家,从走廊就能听到母亲尖刻的嘶吼声。她缓缓地走近,最后站在了门外面,并没有走进去。

里面传来一阵碗碟摔碎的声响,明亮清脆。

莫妮能够想象得到母亲歇斯底里的神情,瞪圆了凹陷的双眸,枯黄的脸孔布满了怨恨,满布着岁月痕迹的皱纹和显眼的白发丝,干瘪枯瘦的身躯死死地拽住父亲,倔强尖锐的声音不作丝毫的退让。

母亲总是这样的,做什么事都有她顽固的想法,并且把这些想法加诸在其他人的身上。

然后又是一阵玻璃破裂的声音。

父亲说:"离婚吧,我受不了了。"

母亲就在骇人的死寂里凄厉地大喊大叫。

最终,父亲冲出家门。一打开门,他就看见莫妮杵在门外。

他什么都没说。他一向都是坚忍的,承继了所有男人应有的特质,固执且不善言辞。他默默地凝视了她几秒,什么都没说。

莫妮是面无表情的,没有哭,像是很早以前就下定决心,不再为这个家哭泣。

父亲最终还是越过她走了,身后传来母亲不饶人的声音,死死地怨恨着:"你走我就死给你看!"

然而,即便是这样,父亲还是走了,那一刻的神情无奈又悲伤。

她不禁想,原来家里面不只她一人觉得疲惫,不只她在痛苦和煎熬。长时间的怨恨和疏离把本来属于家的温暖和爱消磨得一干二净,滚烫的心逐渐变得冰冷。每个人都带着面目可憎的模样去伤害彼此,直到溃不成军,直到四分五裂。

父亲最后看她的眼神,仿佛在说:"我走了,以后这些你要自己承受了。"

她在那一刻突然觉得世界真的很荒谬。

爱是为了什么?结婚是为了什么?家又是为了什么?说过的话可以不算数,许下的承诺可以作毁,连婚姻这种东西都可以说断就断的话,世界上还有什么东西是不会磨灭的呢。

不过,后来她想,这样也许是最好的了。

他们终于不用再互相伤害了。

只是没有人知道,在这些巨大的战争背后,遍体鳞伤的是她,碎得最彻底的人也是她。

她没有家了,她没有一个完整的地方了,都没有了。

她恨他们,她一直都是恨他们的。

无论父亲还是母亲,她都是憎恨的。当她随着时间越长越大,越来越看清这世界的广阔,她也越恨他们为什么不能给她一个完美的家庭。恨他们的自私,恨他们的任意妄为。倘若他们能为她着想万分之一,她都不至于这么碎不成形。

只是,这些恨是从哪里来的呢?

世上所有的情感都并非无中生有,肯定有什么非常悲伤的原因,才让她这么恨他们。肯定是有的,否则,她怎么会在他们看不见的地方,一次又一次地失声痛哭。

可能是因为爱吧。

当她回过头,看着倒在一地玻璃碎片之中的母亲,头发凌乱不堪,按在碎片中的双手被割得不断流着鲜血,血淋淋的红刺得莫妮双眼发疼。

母亲的双目是涣散的,找了很久才找到了聚焦点。她终于看到了莫妮。

女儿木然的身影渐渐变得清晰。

母亲缓缓地露出了惨淡又疲乏的笑容,她盯着莫妮看,仿佛在看她人生里唯一一道光。

莫妮听到这个世界上最悲恸的话语——

"妮妮,妈妈只剩下你了。"

07

成为一个人的全世界,是一件悲伤又沉重的事。

莫妮渴望长大,盼到了十八岁,考上大学。她终于可以离开家,去过她想要的生活,离开那些囚禁,离开那个像监狱的地方和她承受不了的爱。莫妮几乎是用逃的方式,逃出了自己的家,带上她仅有的行李,还有那剩余一点点对于生命的盼望,离开了这个家。

母亲执意要送她去火车站,替她拿笨重的行李箱。

两人一路上并没有说什么话,母亲叮咛了几句,莫妮也乖巧地回应,像往常一样。

终于来到了火车站。离分别的时间越来越近,莫妮能从母亲暗自紧捏的双手中,看出她的焦灼和不舍,但她终究还是什么话都没说。

"到了给我打电话。"母亲拉起了她的手,紧紧地握着。

"知道了。"莫妮平静地回答。

然后母亲一把抱住了她。明明不是什么很大的劲力，莫妮却感觉到前所未有的窒息和难受，堵住了她的胸腔，她忍不住大口地吸气。

车站发出了提示的讯息，莫妮挣脱开母亲紧迫的怀抱，上了火车，然后找到了靠窗的位置。她瞧见玻璃窗外母亲忧心的神情，正直直地看着自己。

她不由自主地移开了视线，低头假装整理自己的行李。

直到火车徐徐地发动了，她用眼角余光瞥见母亲依然站在原地，用一如过去十八年那灼热的目光望向她，未曾移开。

莫妮咬住嘴唇，屏息等待着火车快点儿驶出车站。

慢慢地，火车开始加速，母亲的身影在她的眼角渐渐遥远。

她以为她不会想要看母亲一眼的。

可是就在火车快驶出车站的一瞬，她仍然习惯性地回头寻找母亲苍老的身影。那身影在目光中匆匆地缩小，在火车无情的速度中倏忽不见。一下子母亲就离开了她的视线，像是被残酷地抛到光年之外般，被她丢弃在破旧孤寂的过去里。

怎么回事呢？

眼泪不受控地从她的双眸流出，酸涩的感觉迅速蔓延至全身。她开始无法压抑地大哭起来，惊动了身旁的女生，凑过头来问她，还好吗？她哭得讲不出一个字来，上气不接下气，难受得无法呼吸,泪水潸潸而落,如同下了一夜的滂沱大雨,没有尽头。

莫妮快要窒息了,难受得快要死去了。

有没有人可以来救救她,救救这个坏掉的她。

莫妮知道她是永远无法获得自由的。

失去父亲的母亲比从前更加偏执了,那些对于父亲的情感双倍地叠加在莫妮身上,排山倒海的爱意让她无法喘息。

在她上了大学,离开了家之后,更加严重了。

开始是一日几次地打电话给她,无论她是在上课还是在打工。有时候她没有接到母亲的电话,接着就会收到一连串的讯息,担心她出了什么意外,为什么不接电话,为什么不回讯息。

而莫妮,她会最大限度地漠视这一切。讲电话时会急切地挂断,想要快速斩断与母亲的联结;发简讯的时候,尽可能冷淡地回答。

"吃饭了吗?"

"吃了。"

"在做什么呢?今天累不累啊?"

"在忙。"

"读书辛不辛苦啊?妈妈去看你好不好?"

"还好。"

"期中考了吗?不要打那么多工了。"

"嗯。"

其实明明可以不用这样的，明明可以像是普通人一样相互传讯息，并没有什么令人难受的内容，也不会受到什么巨大的伤害。

可是莫妮没办法，她没办法控制自己厌恶关于母亲的一切。

人的身体是有记忆的。

就像是在受过伤的地方会生长出更厚实的皮肤来，反反复复地将坑洞积成厚茧。当重新回到沼泽的时候，会下意识地记得哪一片是曾经深陷过的地方。人类为了抵抗世上所有最严峻的环境，早就给自己设下了记忆装置，提醒我们不要再重蹈覆辙，不要再深陷一次。

面对母亲的莫妮也是如此。

一收到母亲的电话和讯息，她就仿佛又回到那个冷冰冰的公寓房里。素色的四面墙壁，客厅饭桌上摆放着她爱吃的饭菜，她却如同一个没穿衣服的人那样赤裸，也如同一只乖巧的宠物等待投喂。母亲总是慈祥地微笑着，替她准备好所有生活所需，氧气、食物、厕所和娱乐，仿佛在对她说："我什么都能给你，除了外面的世界。"

她的身体是如此的恐惧。

恐惧得只要一踏入任何危险的范围内，就开始惴惴不安，就开始变得丑陋,开始憎恨这一切。

母亲是个可怜的人。

她其实是知道的,比任何一个人都清楚。

所以她比谁都无法原谅,原谅这个总是想要从母亲身边逃离的自己。

我是真的很恨你。

那么的恨你,所以我才会恨我自己,因为我知道你很爱我,而我像你爱我那样恨你。我一想到我恨你,我就恨自己,恨不得毁掉自己。

所有人都说你对我好,所以十八年了,我仍旧没有办法挣脱你给我的监狱。我永远没办法挣脱了,无论我逃到哪里,你永远都是我的母亲。

因为你爱我,我好像连恨你的资格都没有。

08

大学生活没多久,莫妮就生病了。

起初她不明白,什么是忧郁症,直到她开始罔顾自己的生命,总做出伤害自己的事。大学的室友带她去看了医生。

重度忧郁。

无数个夜里,她又梦到,那一天奔跑在医院泛白的长廊里,赶着去见生病母亲的自己。

镜头拉到走廊的末端,可以清晰地看见她从转角出来,狼狈地向着某间病房跑了过去,越靠近病房,速度就越是缓慢下来。在没人看见的光与暗的交叠中,如同在显微镜下被放大检视的细胞,所有丑恶都欲盖弥彰,她并没有露出悲伤的表情。

脑袋里爆发出来无数个数不清的黑暗想法,每一个都像是枷锁,牢牢地扣住她的生命,日复一日增加的罪名,无从逃脱的命运桎梏。

这样的她,该去哪儿呢?

她再也不能像个正常人一样生活了。

走在人群里,她觉得自己像一头怪物,一头被悲伤和丑恶吞噬的怪物。

她开始无法正常地去上课,她害怕人群,害怕受到别人的目光注视,任何一丁点儿的关心对于她来说都是负荷。她只想躲进没人看见的黑暗里,浑浑噩噩地过着没有天光的日子,如同那些活在下水道底层的蛇虫鼠蚁,独自发臭。

莫妮从来不会伤害身边的人，她只会伤害自己。

她开始胡乱地吃那些药物，有时候走在路上，见到马路、见到利器都会想要冲上去，每天都祈求能有一些意外能够发生在自己身上。

母亲照常地渗透她的生活。

莫妮依然每天都收到那些逼人的讯息，然后她会不自觉地把手机狠狠地往地上摔。过后清醒一点儿时，自己又缓缓地拾起手机，一边流着泪，一边像以往一样乖巧地回复母亲的讯息。

如同一个破碎了的洋娃娃，一个止不住泪的洋娃娃。

就在她生病的时候，她遇到了一个很爱她的男孩儿苏寻。

他知道她有一个破碎的灵魂，知道她的悲伤，知道她心里的黑洞，知道她的绝望，知道她的满身疮痍，知道她渴望被爱的心灵，知道她的无能为力。当时他只是想照顾好她，想要替她抚平那些伤口，想要替她擦拭那些源源不绝的眼泪，想要成为她的光芒。哪怕微弱，也希望自己能够照进她漆黑的生命里。

他永远记得那是一个被暴雨惊雷轰醒的凌晨。她来找他的时候浑身都湿透了，双眼里满是血丝。他已经无法分辨在她脸上的是雨水还是泪水。她全身发抖，一身寒气逼人，宛如一个失去温度的娃娃。

他看着她拿着美工刀在伤害自己，那一刻他真的觉得她会毫不犹豫地死在自己面前。

没有人知道当时的他有多么恐惧。后来他想，她应该真的很痛苦吧。一个人要有多痛苦和绝望才会有那么决绝的眼神，才会这么想要离开这个世界。

那一次自杀未遂后，苏寻决定私下联系莫妮的母亲。

他没告诉莫妮的母亲她为什么会生病，只是简单地讲述了她的情况，请她的母亲务必不要再做任何行动去刺激她。

然而，莫妮的母亲是不能理解的。

在母亲的心中，她给予了自己女儿全部的生命，拼命地对女儿好，把她当成一块宝般护在胸口，莫妮怎么就生病了呢？一个在爱里长大的孩子，怎么会生着灵魂的病呢？

在得知莫妮自杀未遂之后，母亲开口对她说的第一句是："你不要死啊，你死了我就跟着去死。"

那一瞬间莫妮在想，不如就死了吧，因为她知道永远摆脱不了自己的家庭。

世界上许多事情努力就可以达成、可以改变，可是唯独这件事不能，永远都不能。她的爸妈永远是她的爸妈，她一辈子都逃不了的，她只能这样子接受，直到她死，或是直到爸妈死。

像是已经混进血液里的毒素，它们永远残留在身体里，随着神经和细胞，一天一天地折磨你，使你疼痛，而你却只能无能为力地忍受。

"对不起，是妈妈对不起你。"

有那么一刻，莫妮想要站起来指着母亲愤怒地说："对，就是你，我有病都是因为你，我想死也是因为你，是你把我的人生搞成这样！你凭什么说对不起，凭什么要我的原谅，你没有资格，你是我最想要逃离的存在，你知道吗？！"

千言万语却只汇成了一句——

"嗯，没事，已经没关系了。"

温柔的人总习惯先委屈自己。

莫妮是这样的，她想她还是爱妈妈的，只是这种爱没有人看得见，只有在无人的时候她才会为了爱而歇斯底里。这就是莫妮的爱，温柔的爱，沉着的爱。

所以她没有说。

在漫长又刻骨的岁月里，她总是没有说。

母亲总是让她去找父亲要钱。她为了没钱的妈妈，自己打了好多份工,却对妈妈说:"嗯,这都是爸爸给的生活费。"还有那个她离开家里到外地念书的下午,在火车上看着母亲渐行渐远的身影,哭得喘不过气来。还有数不清的夜里,梦见那个憎恨着母亲的自己,在醒来后忍不住伤害自己的莫妮。

她是如此的恨着妈妈,又如此的爱着妈妈。

09

母亲的存在给她带来的影响,比她想象中的大。

以至于在往后的余生,她都讨厌红色,也不能再喝任何牛奶,这些都只是表面。更深层的是,使她对于任何关心她的人,都有一种深切的恐惧。一旦有人靠近一点儿,她就会想起母亲过度的关心和亲切。她厌恶别人带有温度的视线和目光。还有,她害怕爱情,害怕自己总有一天也会像母亲那样,成为敏感又充满占有欲的人。害怕婚姻,害怕世界上所有的情感,即便苏寻是这么好的人,她也还是害怕,始终保持疏离。

她时常想问母亲:"我终于变成这样子了,你满意了吗?"

开始吃药的她,精神非常萎靡,生活根本难以自理,药物让她失去了思考的能力,尽管她不再感到极致的悲伤,却也失去了集中力。浑浊，朦胧，焦虑，有时候会坐着发呆好几个小时。要么睡不着，要么醒不来，迷迷糊糊的，有时站都站不稳。闭上眼睛一片空白，什么都不想也好，连想要离开世界的想法也没有了。可药效过去之后，那些想法和感受依旧卷土重来。

苏寻陪她去看医生，陪她到学校做心理辅导。

有一次辅导老师跟她说了这样的话："憎恨父母的自己，并没有错。"

从来没有人跟她说没关系。

憎恨父母也没关系。

变得丑陋也没有关系。

崩坏、碎不成形也全都没有关系。

从来没有人跟她说这些。所以长期以来，她活在这样理所当然的罪恶里，活在这些名为爱的绑架里，被无形的绳勒住脖子，每分每秒都喘不过气来。世人会指责她这些恶毒的想法，甚至自己也不容许恨意存在。是的，从来没有人教她，没有人劝解她，说其实都没关系的，坏掉也没关系，痛恨也没关系，这些不过是情感的一部分。

总得被允许的，这个世界有光明就会有黑暗，有快乐就会有悲伤，有喜爱就会有憎恶。总要去承认的，承认这些恶质存在的必要。

"莫妮,在这个世界上,每个人都有不同的爱人方式,只是刚好那个人爱你的方式,你不喜欢而已。我们对于世上所有的情感都有喜欢或是讨厌的权利,你也不例外。"

所以真的没关系。

讨厌不讨厌,喜欢不喜欢,都没关系。

不用逼自己去爱他们。

等你哪一天,不再在意了,再去努力就好了。

因为不知道会是什么时候,那我们就活活看,看看自己是否能够真的变得无所谓。

在莫妮又想要伤害自己的夜里,她忽然想到这些话。

居然也发现那些自己曾经对身体造成的伤害缓慢地发疼。好久没有过了,拥有着真实心痛或是快乐的感觉。好久没有过了,感受到自己心脏的跳动。

在治疗的过程中,苏寻一直陪在她的身边。

他和她说了一段话,后来她一直都记得很清楚——

"有些事是永远都改变不了的,但是我们可以慢慢地接受它,接受这些悲伤的存在。这个世界上存在着许多种不同的爱,我们不能否认,有些爱本身就是悲伤。"

10

并不是所有的故事都能活出一个好的结局。

莫妮不知道她要花多少时间才能与自己和解，或是与母亲和解，又或者是这些伤痕永远不会有痊愈的一天。她可能永远不会原谅她的母亲曾经用扭曲的爱来对待她。这些事情可能永远都不会有答案。

只是她开始明白了，自己对于母亲的恨通通源自对母亲的爱。

她知道她是爱着母亲的，比自己想象中的爱还要多。

她也明白，其实她跟母亲是一样的。母亲爱她的方式就是把她当成全世界，而她爱母亲的方式就是伤害自己。所以这种爱对于母亲而言，也是同样痛苦、同样悲伤的事。

我们都是人。

是人就会有好与坏的情感。只是生而为人，我们都是第一次学习如何去爱人。

谁也不例外。

——纪念所有破碎的童年

我的成长痛

长大是个近似残忍的过程。

我们唯有一次次努力地绝处逢生。

01

长大是个近似残忍的过程。

我们唯有一次次努力地绝处逢生。

02

成绩出来了。

你手拿着那张成绩单,有点儿无力地垂下肩,薄薄的一张纸却承载着你三年的努力和焦灼。你环顾四周,有人拿着成绩单喜极而泣,有人仔细地端详着,有人感到满足。你的好朋友走过来问你考得如何,你用尽浑身的力气挤出一个累人的笑容,淡淡地说"还可以吧",嘴角扯出的弧度如此费劲,如同你这三年的时光。

连梦里都摆脱不了的考试和学校,耳边响起唰唰的试卷翻阅声。你记得有一次梦见考试的场景，身边所有的人都在你余光中飞快地答题，你恍惚地低头看着自己的考卷，空白得刺痛你的眼睛。你拿笔的手在颤抖，脑袋却像是被强制格式化，什么都想不起来。

那一次你哭着醒来，压力积聚在胸口，只能大口地喘着气。你甚至也不敢让自己太快乐，不敢让自己心安理得地睡上一觉。

然而这一切都结束了，结束在手中的这张纸上。

沉浸在灰白色的灯光里，三年里无数个埋头念书的日子，一去不复返地消磨掉了，换来的是手上那张纸。你重新低头看了一下，再一次确定自己没有看错分数。

木然地走出学校，你看不见明亮的天空，也看不见迷雾过后关于未来的万千光景。

现在手上的那张纸、那些成绩、那些没有温度的数字就是你的全世界。

于是你崩溃地哭了起来。

你走在回家的路，世界像是要崩塌一样，自己失去了所有的价值。

你盘算着该如何告诉家人，想象所有他们会有的反应。你给自己预习了几遍，在反复的练习之中，你的心渐渐地麻木。

家人如你的想象一样没有安慰，父母亲并没有掩盖自己失望的表情，反而刺眼地在你的面前展露，肆意给你施加更多的压力，想要你从此发愤图强。

你没有告诉他们，你其实已经很努力了。

后来，他们说起别人家的儿子和女儿，语气里透出无数的失望和羡煞，你觉得家里是个让你窒息的地方。

他们有意无意说的话，每一句都像刺一样戳进你的心。

没有人关心你在这个过程中努不努力、辛不辛苦、累不累。

大学放榜，你考上了一所不想去读的学校。

和家人商量之后，你决定重考，其实你的内心充满恐惧。因为考试失利，你开始对自己没有信心，不相信自己做得到，不相信自己也能拥有一个美好的未来。你感到前所未有的迷茫。

有时候你在想，世界明明那么大，为什么就找不到一个可以容纳自己的地方呢？自己该去哪里呢？无从想象的未来让你觉得无比痛苦。

你的好朋友们都有他们该去的地方。

所有人都在往前走，只有自己被迟滞在原地。

重考的那一年。

你过得并不快乐。从网络上看见你的好朋友展开新生活的照片，去了新的环境，认识了新的朋友，自己像个局外人一样。

你总是想起从前那些和朋友用力挥霍的岁月,说好一起长大的约定被抛在现实的脑后。逐渐疏离的朋友,毫不确定的未来,对于人生的失去和失望,每一样都让你厌倦。你忽然好像长大了一点儿,却丝毫不带一点儿快乐。

这一年里,你觉得自己急遽地懂得很多以前不懂的事情。

03

你还记得离开家的那一天。

站在家门口,仔细地回顾家中的每分每寸,你看着这个成长的地方,熟悉的一切,让你心安的味道,直到母亲跟你说:"快点儿吧,要来不及了。"

你才不舍地迈开脚步,走得每一步都重若千钧。

妈妈说:"你要乖,要坚强,要学会独立。"

你像是用力地被抛进未来里面,不允许反抗,只能笔直地往前走,走进未知的远方,走进百转千回的世界。

你实在没有想到,大学的生活比想象中的要无趣一些。

每个人都像是一座寂寞又单调的孤岛,在等着谁降临的同时,却又稳稳地守着自己的心门,滚烫的心肺逐渐在慌忙中冷却,换上更崭新、更完善的面具，在拥挤里慢慢地将虚伪变得熟练，然后笑得再快乐，也抵不住而后迎面扑来的落寞。或许大家都是这样的，在人群中慢慢地丢失了最初的纯粹和真心。

大抵是见过极致的灿烂，所以再也记不住沿路的风景。

总是没来由地想念过去，你开始认为念旧不是一件好事。太过轻易地被回忆占据，轻易地在记忆里荒废了现在。

打电话回家时，明明没有发生什么悲伤的事，但在听见爸妈声音的瞬间，你的眼泪就忍不住扑簌落下。

你想到离开家的那天，你不忍转身去看他们遥望你背影的眼神，好像就在这样无意的刹那，发现他们站得不那么直了，发现他们开始长出白发，发现他们笑起来的时候多了一些皱纹。

听着他们说："有没有好好吃饭啊？课业忙不忙？"

每次听到这些家常话，眼泪就掉得更凶。你在他们看不见的电话另一端，对着空气频频点头，并且死死地捂住手机的听筒，哭得悄无声息。

你如鲠在喉，对父母说不出任何一点儿辛酸，不能让他们担心。

于是你缓缓地说："没事的，我过得很好。"

假期的时候，你看见室友们纷纷返家，宿舍里只剩下你孤独一人。

你望着标记在日历上的红色圈圈,看得恍神。你羡慕朋友们周末可以回家,而自己在空无一人的宿舍里,数算着还有多少天的时间,可以坐飞机回去见家人一面。

好像这个地方没有属于你的天地,或者说你压根儿就不属于这里。你像是一只飞越万里的候鸟,停立在陌生的枝头,栖身于错综的地方。

每个人都有归途,走得再远都可以回到属于自己的巢穴,所以不怕迷失,哪怕有一天找不到自己,都知道自己有枝可依。

他们都有可以去的地方,只有你溺在海的中央,退无可退。

你忽然想起,那个稚嫩无知的自己,曾经赌气地向家人说:"再也不要回家了!我讨厌你们!讨厌你们管我!我要长大!我要自己一个人住!"

那个神情简直愚蠢至极。

后来无数个萧疏的夜里,你都想起妈妈的话——

"你要坚强,要学会一个人抵抗千军万马。"

04

你花了很大的努力,终于考到了双主修。

为了读书,你几乎用尽了所有时间和力气,忙得连休息的时间都没有。你非常努力,你有自己想要去的地方,有想要完成的事,有渴望成为的模样。

你总是这样认为,即使生来并不是那种聪明绝顶的人,但只要自己足够努力就能在这个世界上成功。

有时候朋友会抱怨你花费太多时间在读书上,跟你在一起觉得无趣,于是慢慢地疏远你。想到这些,偶尔你也会感到难过。

你觉得大学是个开始考虑利弊的地方,你被他们封为学霸,那些远离你的朋友也总在期中、期末考前回到你的身边,厚脸皮得像是从来没离你而去一样。你是个心软的人,出于善意,帮助这些所谓的朋友。

有好几次,小组报告的时候,熟悉的朋友热烈地争夺要和你一组,你笑了笑,不置可否。

看到"赢了"的那些朋友露出捡到宝的表情,你忽然内心刺痛了一下。你看了看周围,发现没有一个是你真心的朋友,当下你孤独得有点儿想哭。

你理所当然地被任命为组长，也很有责任地帮大家分配好了工作。没关系吧，你习惯吃亏，习惯做最多最累的工作。

交报告的前一天晚上，突然有一个组员传讯息给你，说他的部分来不及了怎么办。所有人都问你怎么办，没有人考虑到你也会慌，也会乱，也会不知所措。

你为了奖学金，一个人熬夜把报告最后的部分完成，你看着天慢慢地亮了，接着是早上八点的课。你洗漱过后，整理好自己，如常地出门上课。你的脸色苍白，黑眼圈浮现在眼下，没有人看得出你的异样，只有你自己知道好像快到了极限，快受不了这样的生活。

期末的时候，一整组托你的福得到高分，却没有人想起你当初的苦劳。你看着大家都是一样的分数时，委屈的感觉猝然冒起，但你发现自己连抱怨的权利都没有。

你开始明白了。

这个世界没有所谓的公平，自己花了很大的力气去完成的事，别人却可以不花丝毫努力就能轻易地品尝到美好的结果。

有时候你也会觉得自己像个傻子一样，坚持自己所想，以及那一点点努力和善良，但你也从来不会忘记，那种自己努力得来的成果，以及成果背后巨大幸福的满足感。

05

你终究还是学会了忍受，忍受这世间许多的事。

为了不成为父母的负担，你开始利用课余时间去打工，赚取自己的生活费。

你学会了很多的事。当你拿着抹布在清洁餐厅桌面时，想起以前在家里看着滴满汤汁和食物残渣的桌面，笑笑地说："这么脏的东西我一辈子都不会碰。"而母亲总是笑着，然后替家里清洗掉所有污迹。

在家的你不用洗碗，可来到了餐厅工作，店长因为厨房人手不够，把你喊进去帮内场人员清洗碗盘。你的手浸泡在大量化学制品的洗碗精里，渐渐地皱了皮。你一边毫无灵魂地洗着碗，一边不由自主地盯着一角，那里有你极度讨厌的蟑螂。一瞬间紧张地想要跳离原地，但是你看着眼前一大堆碗碟，只能不吭声地，默默移到一个离那只蟑螂最远的位置，继续洗着碗。你想起在家里，只要大声一喊，就会凑上来帮你打蟑螂的爸爸，眼角开始湿润起来。

有次送餐的时候，你端着一盘滚烫的菜，正想着要优雅地端给客人，此时不知道从哪里冒出一个小孩儿，直挺挺地撞上了你。你尽可能地避开了小孩儿的方向，就在那短短的一瞬，把菜倒向自己，成功护住小孩儿的安危。小孩儿的母亲冲了上来，心疼地抱起自己的孩子，尽管检查完并无大碍，仍指着你的鼻子大骂了起来，说你怎么工作的，怎么那么不小心，连小孩子都撞。你无法辩解些什么，只能默默地低头向客人弯腰道歉。但你还是红了眼眶，没人看见你的手被热菜的汤汁烫得轻轻颤抖。

店长走了出来，挡在你面前，好不容易平息了事件。店长把你领到了休息室，开始第二波责骂，你终于忍不住流了眼泪。店长说，你有什么资格哭啊。

你看见了真实的大人世界，没有一丝修饰，那美好的白纱被无情地掀开。

你也懂得，哪有谁活着容易，只是每个人都在不动声色地努力。

只是你还没准备好成为一个温润的大人，还没强大到能够不为世事所动。

后来你在自己的日记里写下这样的一句话，某些时候再重新拿出来看，还能记起当初的心酸——

你现在看见我成熟的样子,是我曾经用许多委屈换来的。

06

你似乎已经忘了,上一次受到别人照顾是什么时候。

很晚很晚了。

你刚结束工作回家,回到空无一人的窝。没怎么收拾,简直凌乱得可以,像极一个没有温度的山洞,你累得只想坐在地板上。

通常都是这样的,经历一整天的辛苦,全身不剩丝毫力气。你看着空荡荡的冰箱,叹了口气,最终还是拖着滞重的身躯,到便利商店买了加热便当,吃着吃着就哭了。

你忽然想起了家里的饭菜。

你想到以前总是抱怨家人煮一些不咸不淡的菜,渴望外食千变万化的种类,你瞧不起母亲做的那些家常便饭。

你突然发现,已经好久没喝汤了。

有一次你病得厉害。

发烧到三十九摄氏度,精神已经有点儿涣散。你用力把自己滚烫的身体支撑起来，站起来走了两步，觉得实在不行了，太难受了，重新躺回床上。

你的整个身体都在喊疼。

意志已经无法再跟病毒较量，你想要有个人来抱抱你，光临你颓萎的生活。可是没有，一直都没有。你觉得自己就这样病死在床上，也许都不会有人发现。

你忽然悲伤地想，这样的日子，以后还会有。

所以你要习惯，要习惯这样没有依靠的日子。

只有你自己知道，你一点儿都不好。

你只是强迫自己看起来很好。

你开始明白一些世故，也开始变得世故。你开始记不起自己当初的样子，也学会讲一些违心的话。

你看起来笑得丝毫不费劲，只是也慢慢忘了该怎么哭。原来长大的过程，就是即使你再难过，也要学会收好自己的难堪和不舍，不动声色地隐匿在人群之中，像是什么事都没有发生过那样。

世界千千万万个路口，你总要一个人走。

07

  那个时候，他闯进了你的世界，对你说："我要接收你全部的悲伤，以后有我陪你一起分担了。"如今，他不经意的眼神中透露着疲惫，却对你说："你怎么每天都那么悲伤和敏感。"

  他终于看见你所有的软弱，却忘了当初的承诺。

  这时你才知道，原来没有一个人真的可以承受另一个人的悲伤。当人看过那个世界，就想逃离。

  我们都一样，不过只是都不够强大。

  他对你说："我们不能一直停留在那里，我们要往前走了，我们不再是小孩子了。"

  你哭着想要他为你停留下来。

  你说，难道就没有东西是不会变的吗？

  在那一刻你才知道，那个说好要陪你一起走到末来的人，终究还是离开了你，终究还是残忍地把你抛下。你无法挽回地失去了他，也就在这个过程里，无法挽回地失去了自己。

  你碎裂了。

  碎裂在一次次的清晨里，你从梦中醒过来，满脑子都是他的脸孔、他的声音。

再也没有人会在失眠的夜里把你紧紧地抱在怀里,再也没有人会替你抵挡世上的尖锐,再也没有人会安慰你所有的受伤情绪。

你终于还是回到荒凉的路上。

你被活活埋在山谷的最底端,上面不断有泥石滚落,把你压得喘不过气来,每分每秒都使你疼痛至极。你被撕裂了一次又一次,再也拼凑不起来了。

你只能一遍又一遍地对自己说,没关系的,失去是这个人世间的常态,谁也不例外,总是要面对的。没有人会陪你走一辈子,你得要习惯,没关系,没关系,明天就会忘记了,明天就会更好一点儿。

可是,有时候你也会想,自己可能再也不会好了。

再也没办法再爱一次了。

有人和你说,余生还长,总够我们学会遗忘。

你知道的,都知道的。只是你没办法轻易地泅渡所有的悲伤,只是你还没办法把那个人和爱他的自己埋葬到过去。

我再哭一天,再让我再哭一天。明天,明天我就忘了你,好不好。

08

你开始面对生活，面对人生，面对这个广大而茫然的世界，面对一些别人给予的目光和捆绑，开始操心以前不用烦恼的事情。你的世界再无人帮自己撑伞，你只能做自己的港湾。

你终于长成了小时候盼望的样子，却没能拥有小时候那样简单的快乐。

你开始觉得，你再也没有柔软的地方可以面对这个世界。

你的心变得荒芜，再也没有生命的痕迹，种不出任何一簇花来。

你活得并不快乐，只是你不知道该怎么办。你也想拥有能让自己心脏跳动的东西，可是真的有吗？这个世界真的有吗？

你有时候会想，不如算了吧，就这样一了百了。

是从什么时候开始，你觉得自己坏掉了？

被无止境的悲伤包围，它们就像是一只凶猛的兽压在你的头上。你被钳制住了，动弹不得。

你面对世界的目光只剩窒息，想要放弃一切，包括你自己。你不明白，如果活在世界上每天都得不到快乐，那么，人到底是为了什么而活。

你开始无法像正常人一样生活。你丢失了睡眠，精神开始糜烂。有时候你看着镜子会觉得陌生，那个残破不堪如槁木死灰一般的自己，也会产生想要毁灭自己的冲动。

然而，当你跟亲近的人求救的时候，他们却总不把你的悲伤当成一回事，并对你说："不要不开心啦！"

你开始懂了，世界上总有些悲伤，没有人会懂得。

你只能照顾好自己的痛。

09

那个时候人们说："等你长大，你想要的以后都会有。"

可是人们都不懂啊。

等我长大，我就不想要那时想要的东西了。

10

无数个长大的瞬间。

像是最平凡的夜里，和睡眠持续不断地战争和拉扯，在那过后，疲惫不堪地涣散了精神和时间，然后你努力抬起沉重的脚步又迈向新的一天。

或是花了所有的力气去做一件事，你觉得把自己都燃烧干净，可是最后没有得到预期的结果，然后你想着这会不会是自己最后一次的义无反顾。

或是努力修补那个满身坑坑洼洼的自己，你知道那些错误在那里，但你伸手却够不着它们。你看着自己碎裂，却无力把自己拾起。

偶尔会这样，被一些东西狠狠地困在原地，动弹不得，往前走或是往后退，都会让自己疼痛。所有东西都在往前，都在和自己告别，只有自己，僵持在原地，不清楚光明的方向在哪里。

他们说，这就是长大。

后来一想，也对，没有人能够不背负任何重担地往前，我是这样，你们也是这样。我们每个人都有着不同的烦恼，同样也有着不同的努力和不同的好。而这些重担和烦恼让我成为一个与众不同的人，成为我，成为你。

翻过的每一座山，徘徊过的每一条路，经历过的每一段旅程，遇见的每一个人，撞过的南墙，撒过的谎，放开过的双手，无数个瞬间的疼痛和经历组成如今的自己，而如今的自己也正慢慢地堆砌起未来的自己。一天一天把悲伤过得熟练，也一天一天把从前的期望兑现。

或许真的是这样，我们的勇敢全部来自我们的遗憾。一路走来，从来不缺难过以及灰暗，但同样的，也不乏勇敢。正是这些遗憾带着我们更加勇敢，也正是勇敢带我们走过那些遗憾。

所有一切都会用一种独特的方式归来，我们只管前行，不走回路。

——纪念成长的残忍

后　记

青春有青春的好，长大也有长大的好

我一直相信，每个故事都是如此值得纪念的。

想起了从前穿着校裙和好朋友下课后一同走了好几个地铁站，只为了买一杯喜爱的奶茶；或是明明是难熬的数学课，却在桌底下悄悄地传着小纸条，那张纸条一直躺在课本里，成为那段时光里最无知的美好；又或是明明跟喜欢的人毫无交集，却能因为在走廊上遥远地看他一眼而开心一整天，即使是细小到擦肩而过的情节都值得纪念；又或者是谁的笑容，明明那一幕场景在回忆里已经变得混沌苍茫，却总是在失意时带来温暖坚定，支撑自己走很长的一路。

那时候的我们，什么都没有，也什么都有。

在那个匮乏的年纪里，我一直都盼望着长大。想快点儿变成大人，想不受学校的管制，想自由自在，想离开家，想要到更远的地方去流浪……于当时的我而言，年纪小是件不怎么光彩的事，我能幻想的所有灿烂的未来，都与当时的自己截然不同。

我们总是这样，总是渴望去更大的世界。

然而，为什么终于到了我们向往的年纪，却发现还是青春比较好呢？

长大是谁都无法避免的事情。

我时常听到很多人跟我抱怨说不想要长大，抱怨这个无情又混乱的世界，抱怨自己开始要承担责任，开始懂得以前不懂的，开始明白许多潜在的规则，开始变得孤独，变得沉默，开始不快乐了。

我想我们每个人都曾经这么想过。在我认识的绝大部分人之中，很少听到有人跟我说，啊，长大真好。

于是我一直在思考，到底长大的意义是什么。

长大让从前的时光变得珍贵，长大让我们学会珍惜快乐的日子，长大也让我们比以前懂事，长大让我们可以自己对自己负责，长大可以让我们走得更远，长大能使自己做得更多，长大让我们一步一步蜕变成更好的人。

我们在这个过程中反复地受伤，不断地自我怀疑，偶尔破碎又偶尔重生，推翻了以前所有对于大人世界的想象，然后一次次地在碰壁和艰难中劫后余生，这就是长大的意义。

我开始觉得长大其实并不错，可以学会自己赚钱，可以偶尔为父母买些小礼物，可以看到他们望着我时露出自豪的笑容。我可以走得更远了，以前说过想去的地方，也能渐渐地通过自己的努力抵达。我可以拍些漂亮的风景照，然后镶在闪闪发亮的相框之中，让往后的自己随时随地都可以回顾。我可以更加靠近从前向往的关于自己未来的模样，虽然还没办法达成，但我知道我在慢慢地靠近。我为我曾经承受过的、曾经跌撞过的一切感到心满意足。

所以你看，果然长大也有长大的好吧。

在写这本书的时间，我仔细地翻阅了许多跟从前有关的回忆，从数万个细碎片段中提取了一些值得纪念的故事，发现这些或大或小，或绚烂或暗淡，或疼痛或幸福的年少画面，都只是我们生命中的序章而已。我们终将带着这些深刻走进更邈远的未来。

在那之前，请你好好地回顾这些念想、这些纪念、这些故事。

不能忘。

那些美好如炬的场景，不能忘。
那些刻入心骨的青春，不能忘。
那些松花酿酒的美好，不能忘。
你青春里的每一天，都精致得如同一篇值得裱褙的小说。

愿你拥有能够受伤的心脏，也能够在伤痛里坚强。

愿你深情温柔不曾到头，前路跌撞却仍能往前走。

愿你终究找到自己的宽阔。

还是会有许多不熟练的时候，还是会有被世界的锋利割伤的时候，甚至也会有埋怨自己仍然不够美好的时候。依然不懂得许多道理，也依然当不了一个称职的大人，不明白世界的许多法则，有时候边走也还是会边厌恶这个不够完美的世界。

没关系的，真的没关系的。

做得不够好也没有关系，走得很缓慢也没有关系，达不到预期也没有关系。

关于这辈子，我们还有好多事要去学习。

你只要记得，你在这些跌撞和受伤之间，如此温柔、沉稳地成长着，就足够了。

其他的事，交给未来就好。

再一次谢谢所有在写作路上一直给我很多帮助的各方好友，以及和我分享故事的朋友，你们不要怀疑，这本书绝大多数的故事和念想都是真实的。

这一次我把我青春里的念想都装进这本书里了,也是这一次,我终于舍得和青春告别。

最后在这里再许一个愿:

我希望我爱的人,永远有不灭的天光,能在陈朽荒原里逢生,生不离笑,日日长安。

不朽

2019/05/31

贵州省版权局版权合同登记 图字第 22-2019-43 号

图书在版编目（CIP）数据

想念年少的你 / 不朽著 . —贵阳：贵州人民出版社，2020.2

ISBN 978-7-221-15855-0

Ⅰ . ①想… Ⅱ . ①不… Ⅲ . ①短篇小说—小说集—中国—当代 Ⅳ . ① I247.7

中国版本图书馆 CIP 数据核字（2019）第 298715 号

本书中文简体出版权由精诚资讯股份有限公司悦知文化授权，同意经由北京书田影海文化传媒有限公司出版中文简体字版本，非经书面同意，不得以任何形式任意重制、转载。中文简体由版客在线文化发展（北京）有限公司代理。

想念年少的你

不朽 著

总 策 划	陈继光
责任编辑	唐　博
装帧设计	末末美书
出版发行	贵州人民出版社（贵阳市观山湖区会展东路 SOHO 办公区 A 座，邮编：550081）
印　　刷	环球东方（北京）印务有限公司（北京市丰台区莱户营西街 235 号，邮编：100054）
开　　本	880 毫米 ×1230 毫米　1 / 32
字　　数	189 千字
印　　张	10
版　　次	2020 年 2 月第 1 版
印　　次	2020 年 2 月第 1 次印刷
书　　号	ISBN 978-7-221-15855-0
定　　价	45.00 元

版权所有 盗版必究。举报电话：策划部 0851-86828640
本书如有印装问题，请与印刷厂联系调换。联系电话：010-63816832